길 위에서 쓰는 편지

명업식 엮음

arte

운행을 시작합니다.

행복한 한 시간 만들어주셔서 감사합니다

다른 승객들도 저나 같이 의미있는 순간이 되길..

길 위에서 쓰는 편지

목차

프롤로그

제1장 겨울방면 우회전입니다.

제2장 전방 200m 앞, 봄이 왔습니다.

제3장 여름의 부근, 마스크 단속 구간입니다.

에필로그

부록

이 책은 택시에 남겨주신 승객 한 분 한 분의 '오늘'을 담기 위해
노트 원문 그대로를 최대한 살렸습니다.

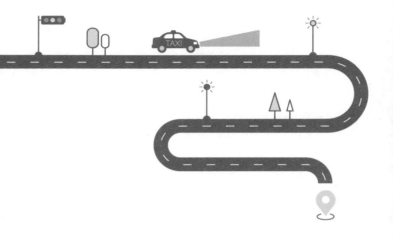

겨울방면 우회전입니다.

| 첫번째 손님 🚕

기사님이 모시는 손님들이
항상 좋은 인연으로
거듭나길 바랍니다.

안양 비산동에서

거울방면 우회전입니다.

딸 아이가 한 번도 알려준 적이 없는 알파벳을 줄줄 외운다.
말도 잘 못하는 것이 어찌나 대견한지….
항상 아빠로서 부족함을 느끼고 회사에서 오늘도 힘들겠지만
대한민국 모든 아빠들에게 파이팅을 외쳐본다. 파이팅!!

서초동에서

| 세번째 손님

힘들고 지쳤다는 건 노력했다는 증거.
슬럼프가 왔다는 건 열정적이었다는 증거.
실패했다는 건 도전했다는 증거.
긴장된다는 건 그만큼 진심이란 증거.
그만둘까 하는 건 지금까지 희망을 버리지 않고 있던 증거.

노들역에서

| 네번째 손님　　

나의 가치는 내가 만드는 것입니다.
오늘 하루도 나의 가치를 알아보는 이들과 함께하는
감사한 하루이길 바랍니다 :-)

서울시립대 학생

| 다섯번째 손님

오늘부터 7가지 습관 중 하나만 실천해도
즉각적인 효과를 볼 수 있을 것이다.
그러나, 이러한 실천은 인생을 거쳐 노력할 모험이고 약속이다.
<스티븐 R. 코비 – 성공하는 사람들의 7가지 습관 중>

습관이 모여서 인생이 된다!

정주희

2019
10.30

| 첫번째 손님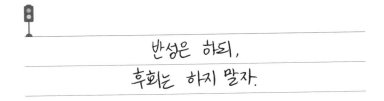

반성은 하되, 후회는 말자.

강남에서 회사원 A

반성은 하되,
후회는 하지 말자.

| 두번째 손님

지나가는 세월이 주름은 만들어도
열정은 어찌할 수 없습니다.

명동 회사원

| 첫번째 손님

대접받고 싶은 대로 대접하라.

이강우

| 첫번째 손님

안녕하세요!!

사실 저희 아버지도 지방에서 택시 운전을 하고 계셔서 택시를 탈 때마다 여러 생각이 드는데요!! 택시를 장시간, 장기간 운행하시면 많이 피곤하고 몸도 찌뿌둥하고 힘드실 텐데, 밝은 기사님 표정을 보니 저희 아버지도 기분 좋은 운전 시간이 될 것 같은 기분이 드네요!!

Carpe diem!

'지금 이 순간에 충실하라' 라는 뜻입니다.

영화 <죽은 시인들의 사회>에 나오는 말인데요, 하루하루 지금 이 순간 최선을 다하시는 모습 쭉 이어지시길 바랍니다!

안전한 운전 감사 드려요!!

일요일에도 일하러 가는 처자♡

겨울방면 우회전입니다.

| 첫번째 손님 🚕

성당 교우들과 여수 앞바다 여행갑니다.
계획하고 기다리면서 처음 가는 여수 생각에 잠도 설쳤어요.
어렵게 제가 사는 곳까지 와주신 기사님 감사합니다.
좋은 사람들과 많은 추억 만들고 올게요.

교수마을에서

겨울방면 우회전입니다.

| 두번째 손님

하늘은 스스로 돕는 자를 돕고,
사람은 스스로 돕는 자를 따른다.

서래마을에서

| 첫번째 손님 🚕

밤새 직장동료들과 한잔하고 낮에 집에 들어갑니다…. ㅜㅜ
사람들 상대하는 일을 하다 보면 스트레스 받을 때가
많으실 텐데 늘 힘내시고 파이팅 하셨으면…!!
기사님 적게 일하고 많이 버세요!!

서장훈 건물 밑에서

| 두번째 손님

과거보다
미래보다
현재가 중요하다.

| 세번째 손님

반갑습니다.
회사에서 미팅 가는 길에 일본에서 오신 손님 분들과 함께
타게 되었습니다.
밝고 긍정적인 에너지를 받아 광고주와의 미팅도 좋게 될
것 같아요. ^^
안전 운전하시고 건강하시길 바랍니다.

김장훈

| 첫 번째 손님

AM 8:00

세상을 살다 보니 억울한 일도 많고,

내 뜻대로 되는 일도 없어 울고 싶은 일요일 아침.

펜을 들고 생각하면서 나를 돌아보게 됩니다.

또 세상을 살아가는 이런저런 이야기를 읽으며

"그렇지, 나만 힘든 건 아니구나.

다들 힘들지만 멋지게 살아가는구나!"

를 생각합니다. 짧은 시간이지만 힘을 얻고 갑니다.

기사님께서 만나는 사람들에게 웃음을 주고 좋은 하루를 선물하듯 저도 세상에 웃음과 힘이 되는 사람으로 오늘 하루를 살아가겠습니다.

| 두번째 손님

38살, 새로운 도전을 위해 아이 셋 엄마가 TOEIC 보러 갑니다.
찬찬히 준비하는 마음으로 편안히 봐야겠어요.
집에도 말 안 했는데 기사님께 들켰네요. ^^
Have a good day!!

38살 새로운 도전을위해
아이셋 엄마가
TOEIC 넘어갑니다.
찬찬히 준비하는 마음으로
떡안히 봐야겠어요
잠어도 말안했는데
기사님께 들켰네요 ^^
Have a good day !!

| 첫번째 손님 🚕

오늘도 어김없이 출근길에 택시를 탑니다.

월요병은 언제쯤 사라질까요. ㅠㅠ

지금 직장에 3년 6개월째 출근하고 있습니다.

부모님들은 어떻게 한 직장에 근무하셨고,

아직도 근무하시는지 존경스럽습니다.

저는 더 늦기 전에 내년 초 직장을 그만두고 여행도 다니고

더 배우고 싶은 것들을 배워 볼 예정입니다.

그 후 재취업이 막막하겠지만 일단 해보고 고민해 보려구요!

ㅎㅎ

이 글을 읽게 되시는 분들과 기사님!

기분 좋은 하루가 되셨음 좋겠습니다 :-)

거울방면 우회전입니다.

내양에게⋯

| 두번째 손님

어느 택시를 타도 같은 느낌이었는데 오늘은 메모지를 건네
주시는 기사아저씨를 만났다.
2시에 일어나 지금 12시간 째 근무 중.
세상 언제 좋아져서 모두 힘들지 않게 살아가려나….
생각하며 작은 노력, 투표 꼭 해야지!
힘들어도, 아니 힘들어서!
수고하세요 기사님!

| 첫번째 손님

수능 - Day

오늘 하루 모든 사람들의 바램이 이루어지길 기도합니다.

더불어 우리 작은 딸의 소망도 이루어지길 바라며 파이팅!

| 첫번째 손님

가락시장역에서 잠실동까지 외근 나가는 길….
비도 오고 힘들지만 활기차고 밝으신 택시 기사님 덕분에
힐링하고 갑니다.
빗길 안전 운전하시고 늘 건강하시길 바랍니다 ^-^

P.S 이 일기장이 계속 이어졌으면 정말 좋겠습니다. 다른 손님 분들도
많은 참여 부탁 드려요~!

핸드폰 아이콘 옮기는 방법 알려드린 손님 올림

겨울방면 우회전입니다.

| 첫번째 손님 🚕

AM 6:40
지리산 갑니다.
단풍구경 가는데… 비가 너무 와서 단풍 밟으러 가는 게
될 거 같아요 ^^
덕분에 잘 다녀 올게요!

P.S 수수 인절미 잘 먹겠습니다. 기사님!!

| 두번째 손님

올해 가기 전에 사돈하고 식사를 해야 하는데 생각뿐이다.
꼭 올해는 식사를 같이 해야 한다.

가락동에서

| 세 번째 손님　

시험 잘 보게 해주세요.

잠동초 4학년 K군

| 첫번째 손님

5.18 진상 대책으로 자유 대한민국 살려 나가세.

| 첫번째 손님 🚕

감사하면 감사할 조건이 생기고,
감사할 조건이 있으면 감사합니다!

한양대학교 성악과 A

| 두번째 손님

딱 첫인상이 좋으신 기사님이다! 하고 택시를 탔는데
친절하기까지 한 기사님이네요.
새로운 경험하게 해주셔서 감사합니다. ㅎㅎ
사실 이틀 뒤가 제 생일이에요!!
뭔가 생일 전에 이런 일이 생기니까 선물인 거 같고 좋네요.
ㅎㅎ

늦은 출근 중인 사람

| 첫번째 손님

어제,
성격 죽이기 반은 성공.
오늘,
성질 죽이기 반은 탈피.
그리고
또 실수.
술은 당신의 기약을 빼앗아 갑니다.
연말연시 음주 자제하시고 건강하세요~!

지나가는 시간에 후회 없는 삶을 살자.

지나가는 시간에
후회없는 삶을 살자

| 세 번째 손님

남에게 인정받지 않아도
항상 빛이 난다는 말을 들었다. 앗싸!
기사님도 그런 사람입니다 :-)

| 첫번째 손님 🚕

덕분에 편안히 타고 갑니다!
친절하게 대해 주셔서 감사해요~
당연한 게 당연하지 못한 일이 되어버리는 경우가 많은데
아저씨랑 저랑은 비록 짧은 시간이었지만 서로에게 예의
바르게 존중을 나눠서 너무 좋았습니다. ^^
앞으로도 안전 운전하세요~
곧 눈도 쌓일 텐데 빙판길 조심하시구요!

겨울방면 우회전입니다.

| 첫번째 손님 🚕

이런 낭만적인 기사님을 뵙게 돼서 참 감회가 새롭네요.
오늘은 새벽에 일을 마치고 친구 생일 파티를 가서 술을 진탕
먹고 택시를 타고 귀가 중입니다.
여자친구가 친구들 만나서 술 먹는다고 싫어해서 그걸로
싸웠더니 기분이 꿀꿀하네요;
그래도 해가 뜨면서 날씨가 좋아지니 긍정적으로 생각하렵니다.
오늘 하루도 파이팅입니다.

홍대에서

많은 택시를 타봤어도 이런 건 처음이라 당황스러웠지만
아침부터 기분이 좋아지네요.
기사님 앞으로 안전운전 하시고, 저도 무사히 전역하기를
바랍니다.

15중대 S군

| 첫번째 손님

이른 아침, 택시를 타고 출근 중이다.
오늘 아침 직원 조회 기도 담당이 나라서 기도문을 작성하고
있었는데 한강대교를 건널때쯤 기사님이 노트와 펜을 주셨다.
언제나 바쁜 사람들의 발이 되어 주셔서 감사합니다.
오늘도 힘을 내서 예쁜 여중생들에게 과학을 가르치는
교사가 되겠습니다 :-)
기사님 항상 행복하세요♡

시험 문제 내느라 지친 교사가

| 두번째 손님

오늘 아침부터 부지런히 서둘러 엄마 치료를 안전하게
마치고 퇴원시키러 왔습니다.
아저씨, 친절하게 대해주셔서 고맙습니다.
작은 골목 안까지 데려다 주시면서 불평 한 마디 안 하시고…
복 받으실 거에요.
저는 이제 치료를 다 마쳐 건강을 찾았는데,
저를 위해 아픈 몸으로 4달 동안 병간호해주신 우리 엄마
빨리 완쾌해서 나랑 더 많이 놀러 다녔으면 좋겠네요.
이렇게 좋은 세상 좋은 거 많이 보고 맛있는 음식 먹으러
다녀야지.
꼭 완쾌하길 바랄게. 사랑해 엄마.

큰 딸이

| 세번째 손님

PM 12:50

성수고등학교 등교하는 중입니다. ^^

카카오 택시로 잡으면 항상 너무 늦게 잡혔었는데 콜 하자
마자 잡혀서 깜짝 놀랐어요. ㅎㅎ

택시타면 핸드폰밖에 할 게 없었는데 이런 편지도 써보고
너무 좋은 것 같아요.

곧 고2 끝나고 수험생 진입인데 학교도 지각 ㅎㅎ

날씨 점점 추워지는데 감기 조심하시고 안전운전 하세요♡

택시 타자마자 밝게 인사해주셔서 감사하고 무사히(?)

데려다 주셔서 감사합니다.

좋은 하루 되시길 바랄게요!!

| 네번째 손님

길 위에서 쓰는 편지 노트를 받고 ^^
50년 살면서 이런 노트를 건네 받은 적 한 번도 없었고 생각도 못했었는데….
정서가 메말라가는 현실에서 마음이 따뜻해진다고 해야 할까?
하루 시작하는 이 시간이 행복해지니 오늘 하루도 행복하겠징~ ^^
대한민국의 모든 사람들이 행복해지는 날이 꼭 왔으면 좋겠다. ^^
오늘도 파이팅 ♡

| 첫번째 손님

AM 4:00
좋은 기사님을 만나서 그런지 서울 하늘에서 별을 보다★

11월 27일 4:00 (서울에서 별을 본다) *
좋은기사님 만나서 그런지 하늘에 별을 봄★

겨울방면 우회전입니다.

| 두번째 손님

오늘도 좋은 하루, 가치 있는 하루 되시고
전 세계가 환경의 변화에 신경을 써서 후세들에게 지구의
종말을 만들어 주지 맙시다.
오늘도 파이팅!!!

| 첫번째 손님

가고 싶어하지 않는 딸을 모시고 가는데
같이여서 난 좋은데….
엄마와 딸의 차이일까?
함께여서 좋고 같이여서 좋고
계속 같이였음 더 좋겠다.

겨울방면 우회전입니다.

| 첫번째 손님 🚕

뭐든 마지막과 처음은 매우 설레고 의미가 있네요.
마지막 달의 첫 날,
처음과 마지막이 함께 공존하는 의미 있는 날입니다.
늘 처음처럼, 또 마지막인 것처럼, 맘을 붙들고 살 수 있기를
소망합니다.

| 두번째 손님

Today was the last day, I spent with my parents.
The weather was gloomy and rainy but my heart is filled
with sunshine because of the great time.
I was able to spend with my family.

오늘은 저희 부모님과 함께하는 마지막 날입니다.
날씨는 흐리지만 제 마음은 해가 가득한 것 같습니다.
우리 가족과의 시간 덕분입니다.
어머님, 아버님♡ 사랑합니다!
항상 기도하겠습니다. 감사합니다 :-)

| 세번째 손님

사실 택시가 버스나 지하철과는 다르게 아주 사적인 공간을 함께 사용하는 건데 여느 대중교통처럼 생각하고 있었습니다. 기사님께서 이 노트를 건네주실 때, 그제서야 이 가까운 거리를 실감하게 된 것 같습니다.

말 한마디, 눈빛 몇 초로 하루가 행복해질 수 있음을 아시고 이렇게 노트를 건네주신 거죠?

간만에 기분 좋은 이동길이 되었습니다.

항상 안전운행 하세요. 감사합니다.

서호

| 네번째 손님

아빠 병문안 다녀오는 길에 탄 택시에서 이렇게 편지를 쓰네요.
마음이 무거운데….
우리 가족 희망 잃지 않고 열심히 기도할게요. 감사합니다.
아빠! 어서 자리에서 일어나세요.
내가 많이 사랑해요…♡
아빠가 얼른 일어나셔서 함께 다니셨으면 좋겠어요.
항상 아빠가 우리 가족을 지켜주셨는데… 얼른 돌아오셔야죠!
어서 일어나서 더욱 행복하게 지내요♡
사랑하고 사랑합니다♡

사랑하는 큰 딸

| 첫번째 손님

천원택시 3명 대표 숙대생입니다.
아침의 시작을 지각으로 할까 봐 걱정했는데 가슴 따뜻해지
는 택시로 색다르게 시작하네요!
뭐를 적을지 모르겠지만….
다음 승객이 볼 수도 있을 제가 좋아하는 말 하나 쓰겠습니다.
"역사에 무임승차 하지 말라"

| 두번째 손님

경제 살리기 앞장섭시다!
살기 너무 힘들고 답답하다.
임대료도 못 내는데….
국민 한 사람으로서 소망합니다.
살리자 경제!!

| 첫번째 손님 🚕

AM 4:48

살아오면서 처음 겪게 되는 소중한 순간인 것 같습니다.

특별한 경험을 하게 되었네요.

삶이란… 제게 아주 많은 것을 느끼게 해주고,

가르침을 주는 것 같습니다.

때론 힘들고 때론 기쁜 일도 생기지만,

여전히 저에겐 숙제와도 같습니다.

매 순간순간 성실한 삶을 살다 보면 언젠간 좋은 날이 올 거라

생각하며 최선을 다해 살자고 다짐합니다.

이런 특별하고 소중한 기회를 주신 기사님께 감사 드리고,

무엇보다 건강하셨으면 좋겠어요.

내년엔 좋은 일들만 가득하시길 ^^ 기원합니다.

안전하게 운행해 주셔서 감사해요!

| 두번째 손님

긴 새벽을 깨고, 밝아온 하늘에 외친다.
참을 만큼 참았다.
무리뉴 OUT!!

| 첫번째 손님

지수야 올해도 고생했고, 내년에도 가게 열심히 하자.
기사님 새해 복 많이 받으세요.

| 두번째 손님   🚕

예지언니 내년엔 남친 생기세요.
부자도 되시구요♡

여지언니 내년엔   남친생기세요.
부자도 되셔요. ♡

| 첫번째 손님

친구들과 송년회 겸 모이고 오는 길에 기사님 택시를 타게 되었습니다.

저 또한 요즘 펜보다는 핸드폰을 만지는 손가락에 익숙해졌다는 걸 깨닫게 되니 한편으로는 쓸쓸하면서도 기사님 덕에 기분 좋게 하루를 보낼 수 있을 것 같습니다.

택시 운전하실 때 항상 조심하시고, 건강 챙기시면서 다가오는 2020년도 좋은 일들만 있으시길 진심으로 응원하겠습니다.

기사님, 안전하게 데려다 주셔서 감사합니다 :-)

| 두번째 손님

알람을 해 놓으면 항상 그 시간보다 먼저 눈이 떠진다.
그래서 생긴 여유 때문에 느긋하게 준비하다가 또 택시를 타
버렸다.
공교롭게도, 그렇게 탄 택시 안에서 고해성사를 해 버렸네 ㅎㅎ
눈이 오려는지 하늘이 많이 가라 앉았다.
하지만 포근한 느낌이다.
오늘도 모든 사람들 포근한 하루 보내길….

시청 가는 택시 안에서

| 세번째 손님

주말인데 사무실에 가는 것이 속상하지만,
기사님이 예쁘다고 해주시니 기분이 좋아졌습니다.
감사합니다. 새해 복 많이 받으세요~

수능을 마치고 원서를 지원하기 위해 정시 설명회에 가는 길입니다 :-)
수능 끝나고 지금껏 아무 생각 없이 놀다가 처음 연필을 잡으니 느낌이 색다르네요.
꼭! 이번 년 입시 잘 풀리면 좋겠고, 기사님도 항상 건강하고 행복하시길 바랄게요. ^^

| 첫번째 손님

신촌 xxx 맛집이래서 갔더니 별로였다.
취향이 다르니 다른 사람들은 모르겠지요~
시간 되시면 찾아 가 보세요.

| 첫번째 손님

차량에 엔진 경고등이 떠서 센터에 차량 맡기고 가는 길에
오랜만에 택시 탔습니다.
오늘 처리할 일도 많고 해서, 큰 애가 감기 걸렸다는 데도
혼자 병원에 가게 해서 좀 속상하기도 하고,
한편으론 이제 다 컸구나 생각도 들고….
오늘 하루 파이팅!

| 첫번째 손님 🚕

오늘은 찜찜한 날.
내가 사용하는 물건을 잃어버렸다.
어디에 있을까? 도통 예상이 안 된다.
여기저기 연락해봐도 없단다. ㅠㅠ
못 찾을 거 같은 불길한 예감….
며칠 이거 저거 신경 쓰다 보니 정신이 없었나 보다.
2020년에는 좀 더 정신 좀 챙겨야겠다.
내 소중한 것들을 잃어버리지 않게….
그래도, 오늘도, 감사합니다.

| 첫번째 손님

AM 12시 20분

동대문에서 강남 가는 택시를 기다리던 중 다행히 기사님을
만나 택시에 오를 수 있었다.

사실 나의 집은 오산이기에 막차로 빠듯한 시간이라 걱정이
많았는데 운이 좋았던 것 같다.

요즘 인생에 있어 너무나 많은 고난이 있었던 나는 매사 부정
적이었는데….

이런 사소한 행복(?)으로 인해 조금은 견뎌지는 것 같은 느
낌이다.

음… 어떤 글을 적어야 할지 모르겠지만….

사실 지금 술에 취해 조금 생각나는 대로 적고 있어 나중에
기사님이 이 글을 읽으실 때 좀 안 맞더라도 이해해주시길 바
라요….

어린 나이부터 사회생활이 너무 고되고 힘들었지만 괜찮았는
데 요즘은 너무 힘이 드네요.

그냥 평범하게 살고 싶은데 제일 어려운 것 같아요….

그냥 이번 년도 2019년이 힘들어서 빨리 올해가 지나갔음 좋겠어요.

좋은 일만 가득했음 좋겠어요. 행복하고 싶어요.

원래 차타면 멀미가 심한데 이런 글을 쓰니 어지럽지만 좋은 경험을 한 거 같아 기사님께 감사합니다.

건강하시고 안전운전 하세요. 행복합시다! 우리.

| 첫번째 손님 🚕

AM 5:00

첫 회차 촬영을 끝내고 집으로 돌아가는 길.

5회차 촬영인 짧은 작업이지만 첫 촬영부터 느낌이 좋다.

1시간 15분이라는 귀여운 딜레이 시간과 좋은 사람들,

그리고 이런 특별한 기사님까지.

남은 촬영도 이렇게 신나게 끝났으면 좋겠다.

다음 촬영은 무엇일까 기대된다.

이 와중에도 걱정되는 건 다음 일이다. 프리랜서이기에 불안한 일자리와 수입, 그리고 22살이라는 나이에 한 결혼 덕분에 지고 있는 부담감. 후회하지는 않지만 가끔은 아무 생각 없이 22살이고 싶을 때도 있다.

촬영 일을 하면서 택시를 정말 많이 타는 것 같다.

이렇게 글을 쓰는 택시는 처음이다. 나중에 영화 소재로 써도 너무 좋을 것 같다.

16시간 촬영 후라 논리적이지도 않고, 개연성도 없고, 글씨는

엉망이지만 또다시 타고 싶은 택시이다.

의식이 흘러가는 대로 쓰는 매우 엉망진창인 글이지만 평생 기억에 남을 글이라는 것은 확실하다.

남편! 아내가 정말 많이 사랑해 ♡

내 첫사랑이자 마지막 사랑인 박원욱! 원욱 오빠♡

진짜 진짜 많이 사랑해요, 예은이는 오빠의 마지막 사랑! ♡

나중에 태어날 우리 아가들도 정말 많이 사랑해!

레오야 많이 보고 싶어. 겨울, 호이야 오래오래 같이 살자.

박원욱 평생 함께 해줘, 정말 많이 사랑하는 거 알지?

귀엽고 예쁘고 사랑스러운 아내가

| 두번째 손님　

아침 일찍 출근하는 건 언제나 힘이 드네요. 새벽 3시 ㅠㅠ….
백화점 DP하는 일이라 신규 매장 오픈할 때면 아침 일찍 출
근하는데 5년차인 저에게는 익숙할 법도 한데 아직도 이렇게
힘이 드네요. 언제쯤 익숙해질까요?
오늘 아침 일어나면서 '아… 너무 피곤하다.' 라는 생각으로
하루를 맞이했지만 기사님 덕분에 따뜻해지네요. 앞에 손 편
지들을 보면서 '역시 사람 사는 건 다 똑같구나.' 라는 생각도
들어요.
이런 경험 선물해주신 기사님께 감사합니다.
직장 생활을 하면서 요즘 부쩍 사회라는 곳이 소리 없는 전쟁
터라는 느낌이 들어요.
정신적으로 육체적으로 힘든데 저 역시도 버티다 보면 분명
좋은 날이 올 거라 생각해요.
2019년이 얼마 남지 않았는데 이런 경험을 하고 마무리하니
너무 기분이 좋네요. 2020년은 잘될 거 같아요.

이 택시를 타는 모든 분들도 2020년엔 좋은 일만 생길 거라 믿습니다! 분명!! 다 잘될 거에요!!
우리 모두 힘냅시다. 기사님도 좋은 일만 가득하세요!!
안전 운전하시고 무사고 택시 기사님이 되시길 바랄게요!
감사합니다!!

| 세번째 손님

동대구에 고객을 만나러 서울역으로 가는 길.
KTX를 잡고 가는데, 기사님께서 SRT를 추천해 주시네요.
들어보기는 했지만, 고정관념 때문에 KTX만 고집해왔던 제
가 창피해지네요.
너무 친절히 알려주셔서 다음부터는 새로운 것에도 도전해봐
야겠다는 생각이 듭니다.

| 첫번째 손님

첫 손님 같은데….
이 행복이, 한 해 쭉 갔으면 좋겠다.

급하게 지나가고 있다.
20대에도 30대에도 나는 왜 그렇게 급하다고 생각하는지 모르겠어. 이런 삶이 제대로 사는 삶인지 누군가와 데이터적인 비교를 해보고 싶다.
아니, 막상 하게 되면 자멸감이 오지 않을까?
그냥 그렇게 사는 것이다.

| 세 번째 손님

추운 겨울날, 오고 가는 따뜻한 대화로 몸과 마음을 따숩게
하고 익숙하면서도 그리웠던 창 밖 풍경들을 바라본다.

Second day back in Seoul, reunited with my love family
members. Getting on a taxi as usual, and here, unexpected
gift was waiting for me. I need to mention, what an honor
and pleasure to have such gift like this.
Heart-warming, pure enjoyment grabbing onto a pen.
Thank you, sir!

+) 택시 아저씨, 감사합니다!
마음이 공허하고 외로운 사람들이 많은 요즘 같은 날, 이렇게
펜을 잡고 생각을 나눌 수 있는 경험을 하니 마음이 따뜻해지
는 느낌이에요.
예상치 못한 깜짝 선물을 받은 듯 해 기분이 좋아지네요 :-)

곧 끝나가는 2019년 마무리 잘하시고,
2020년도 힘내서 건강하고 행복하게 보내세요!
Merry Christmas & Happy New Year!

곧 끝나가는 2019년 마무리 잘 하시고,
2020년도 힘내서 건강하고 행복하게 보내세요!
Merry Christmas & Happy New Year!

| 세번째 손님

이제 5개월이 된 둘째와 형아가 되느라 고생 많은 우리 첫째, 그리고 우리 식구를 위해 가장 수고하는 남편.

12월을 맞아 달려만 왔던 시간들을 돌아보니 참 열심히 정신 없이 살았다 싶네요.

누군가는 엄마가 되는 일이 희생이라며 커리어를 희생 또는 병행하며 그렇게 살고 싶지 않다고 합니다.

나만을 위해 사랑하고 행복을 느끼며 살다가 아이를 낳고 비로소 이타적인 삶을 살아보게 되었어요.

그것도 끝임없는 ^^.

자식도 선택인 이상 많은 여성들이 억울해 하기보다는 자신의 선택에 책임을 지는 성숙한 모습으로 남녀 서로 보듬으면 좋겠습니다.

가장들의 고생도, 아내들의 수고도, 커가느라 고생하는 아이들도, 우리보다 많이 경험하신 어른들도, 당당한 사회초년생도 서로 배려하며 성숙하게 대하는 대한민국이 되길….

저도 제 자리에서 2020년 더욱 최선을 다할 것을 다시 다짐해봅니다. 파이팅!

| 네번째 손님　

남자친구와 찜질방에서 놀다가 건대에서 케이크도 먹고 옷
구경도 해야 해서 택시를 불렀다.
오늘 남자친구랑 떨어지면 일주일 동안 못 봐서 우울했는데
좋은 택시기사님을 만나서 아침부터 기분이 좋아요♡
다음에 또 서울 와서 택시를 탄다면 기사님이 먼저 생각날 것
같아요.
진상도 많을 거고 힘든 일도 많을 텐데 항상 파이팅입니다!
남은 2019년 잘 마무리하시고 2020년엔 좋은 일만 있으시길
기도할게요!

| 다섯번째 손님

봉은사역에서 학여울역 가는 길입니다. 길 고양이 밥을 사기 위해 SETEC을 가고 있어요.
사람들이 고양이에 미쳤냐고 할 정도로 전 고양이가 좋아요.
키웠던 고양이가 무지개 다리를 건너고 사정이 있어 직접 키우지 못해 길고양이들을 돌보며 살고 있어요.
사람들에게선 상처를 받을 때도, 속상할 때도 많지만 길고양이들은 조금만 자신들에게 정을 주면 엄청난 사랑으로 보답하더라구요. 아무런 대가를 바라지 않는 사랑이요.
그래서 더 고양이가 좋은 것 같아요.
언젠간 제 작은 공간에서 고양이들과 함께 사는 게 꿈이라서 열심히 살며 준비하고 있어요.
추운 겨울에 사람들이 길 위의 작은 이웃들에게 조금만 더 온정을 나누어주었으면 좋겠습니다.
기사님도 항상 좋은 손님만 만나시고 행복하시길 바랍니다.
행복하세요!

야옹

2019
12 16

| 첫번째 손님

선릉에서 마포 가는 즐거운 퇴근 길.
처음으로 '온다 택시'를 호출!
호출하자마자 바로 와주셔서 기사님과 이런저런 이야기하며
강변북로를 타고 가네요.
이런 손 글씨 참 오랜만에 써보는데 흔들리니 글씨가 예쁘게
안 써지네요.
이제 곧 2020년이 다가옵니다. 개인적으로나 국가적으로
2019년은 참으로 힘들고 마음 아픈 한 해였던 것 같습니다.
그런 와중에도 포기하지 않고 제자리에서 묵묵히 버티며 성
장해 온 제 자신도 대견하고 다른 이들에게도 고생 많았다고
얘기해주고 싶습니다.
모두들 무사 무탈하게 2020년 잘 준비해서 웃는 일만 가득했
으면 좋겠고 늘 그렇듯 본인들 행복도 챙기고 통장 잔고 빵빵
해져서 돈 걱정 없이 맛난 것도 먹고 사고 싶은 거 원 없이 살
수 있길 바래봅니다.

우리 기사님께서도 무사 무탈히 회사 택시에서 번쩍번쩍 멋
있는 개인 택시 장만하시고 늘 건강하시길 바라겠습니다.
그냥 하는 소리가 아니라 인상이 정말 좋으십니다.
다들 2019년 마지막까지 나쁜 생각하지 말고 파이팅 합시다!

| 두번째 손님

심신이 무거운 월요일. 업무상 점심 식사로 여의도에 갑니다.
마음은 지치지만 주말에 사랑하는 아내와 아이와 함께 보내
서 기분만은 좋습니다.
자신의 마음을 드러내기가 망설여지는 요즘,
이렇게나마 한 줄 적는 게 신기하기도 하고 위안도 되네요.
여기에 글을 적는 모든 분들 건강하시길.
삶은 아름답습니다.

| 첫번째 손님

안녕하세요.
저는 행복하고 싶은데 잘… 모르겠어요….
노력해볼게요….
이 글을 읽는 분들 중 절 보신다면, 응원 부탁 드려요….
내일부터 정신차리고… 또 용기 내 잘 살아보고 싶어요!

2019
12.20

| 첫번째 손님

왕십리에서 논현 갑니다. 서울에 출장 왔어요.
왕십리는 주 업무를 보는 지역은 아닙니다만, 사랑하는 애인이 있는 곳이에요.
그 사람에게 좀 더 어울리는 사람이 되기 위해 아주 긍정적으로 일하는 요즘, 제가 살아있음을 느낍니다.
인생이 뭔지 현타를 느낄 때도 있는데, 살아보니 역시 사랑이라는 단어가 있으면 많은 것을 설명케 하는 것 같아요.
성수대교를 지나네요. 논현에서 일 잘 보고 좋은 결과 내면 좋겠어요.
친절한 기사님! 기사님께서도 사랑이 있으시겠지요.
부디, 희생만 하는 인생이 아닌 감동과 사랑이 있는 인생을 사실 수 있길 기도하고 응원할게요!
저 또한 남은 생은 그렇게 살고자 해요♡
건강 유의하시고, 장시간 운전에 허리나 어깨가 불편하실 텐데 스트레칭 챙겨서 꼭 하세요♡

거울방면 우회전입니다.

| 첫번째 손님

선·후임들이랑 주말에 외출 나왔다.
재미있게 놀다 들어가야겠다. 빨리 집 가고 싶다.
양재역에서 밥 먹고 PC방에 게임 하러 간다.
빨리 제대해서 자유롭게 놀고 싶다.

| 첫번째 손님

올림픽 공원에서 싸이 콘서트를 보고 이제 택시를 타고 갑니다. ^^
이번 한 해는 여러모로 감사한 한 해인 것 같습니다.
사랑하는 여자를 다시 만나고, 사랑할 수 있게 되고, 새로운
일자리를 가질 수 있었던 한 해였습니다.
모두들 마지막 12월 잘 마무리하셨으면 좋겠습니다.
택시 기사님 파이팅!!

겨울방면 우회전입니다.

| 첫 번째 손님

오늘은 크리스마스.

저는 병원에서 일하는지라 요 몇 년은 크리스마스에도 근무였는데, 드디어 R3가 되면서 크리스마스에 데이트를 해봅니다! 사실은 여느 날과 다르지 않은 하루인데 괜시리 연말이고, 성탄절이고 해서 올 한 해를 되돌아 보게 되네요.

원하는 대로 사는 것과 지향하는 올바른 사람이 되기 위한 간극은 생각보다 넓어져만 가고, 좋은 사람이 되는 일이 한 해 한 해 어려워져 가지만 그래도 올해도 최선을 다하지 않았나 싶고, 내년에는 더욱 올바른 사람이 되어야지 하고 다짐도 해보게 됩니다.

기사님을 포함하여 혹시나 이 글을 읽게 되신 모든 분들이 2020년 한 해도 건강하시길 기원합니다.

혹여나 건강에 문제가 생겨 저의 환자로 뵙게 된다면 도움이 되고 최선의 치료를 해드릴 수 있는 의사가 되는 것이 저의 2020년 목표에요!

갑자기 길에서 글을 쓰니 두서가 없네요. ㅠㅠ
아무쪼록 건강하시고, 2020년 새해 복 많이 받으세요!

P.S 언제가 우연히 기사님의 택시를 다시 타서 이 글을 보게 된다면
얼마나 설레고 신기할까요?

데이트 가서 설레는 한 전공의 2년차의 글

| 첫번째 손님

크리스마스가 지나고 새해가 오기 5일 전. 또다시 1년이 훌쩍 흘러 버렸다.

내 나이에 맞게 살고 싶었는데 아픈 뒤로는 그렇지 못한 것 같아 속상하다.

올 한 해는 아픔으로 얼룩진 것 같다. 부디 내년에는 몸이 좀 더 나아져 행복하게 보내고 되돌아 봤을 때 후회하지 않는 그러한 1년이 됐으면 좋겠다.

우리 가족들도 모두 행복만 가득하길. 택시 안에서 일기를 멀미하지 않고 성공적으로 썼으니 뭔가 정말 내 소원이 이루어질 것만 같다. 기사님께서도 행복이 가득하시길 바란다.

2020년 파이팅 :-)

| 두번째 손님

우리 고양이 쌈타, 치타, 그리고 남편, 나.
우리 네 식구 올 한해도 감사히 잘 보냈고,
내년에도 건강하게 잘 보냈으면.

우리 고양이 쌈타치타, 그리고 남편, 나
우리 네식구 올한해도 감사히잘 보냈고
내년에도 건강하게 잘보냈으면,

| 첫번째 손님

세브란스 병원 가는 길.

날씨가 차가워졌어요.

오늘도 딸이랑 병원에 갑니다. 기사님께서 차를 조심히 몰아주시길 바라며….

택시를 자주 이용하다 보니 급정거로 다치는 일도 생기더라구요. 며칠 약을 먹거나 한의원을 다녀야 하는….

건강하지 못한 사람들에겐 건강한 사람들의 일상이 기적이기도 하지요.

그래도 비가 오든 눈이 오든 기사님들 덕분에 병원엘 편하게 다니니 참 고마운 일입니다. 고마운 기사님들 늘 건강하시길 빌게요. 끝까지 무사고 운행 하실 것을 바랍니다.

감사합니다.

| 첫번째 손님 🚕

얼마 전, 크리스마스 이브.
정말 사랑했던 사람과 헤어졌어요.
단 한 번도 싸워본 적이 없이 그렇게 조심스럽게 이어오던 만남이었는데….
이런 상황은 처음이라 지금 너무 슬픈 건지, 아닌지조차 모를 만큼 멍하게 시간이 가고 있어요….
이런 걸 보면 슬픔이란 것도 참, 상황에 따른 감정이라고 느껴지는 게 웃기네요.
이 택시가 이 도시를 돌고 돌아 그 사람이 타게 된다면 이 글을 꼭 봤으면 해요.
'자존심을 내세웠던 날들이 무색할 만큼 너무 보고 싶고,
사랑한다고. 다시 만나게 되면 그 때는 속마음 감추지 않고,
싸워볼 거라고.'

겨울방면 우회전입니다.

| 두번째 손님

서울에서 살다 제주살이 하러 제주도로 이사간지 벌써 4년이
되었네요. 제주도는 따뜻해서 서울이 이리 추울지 몰랐어요.
다행히 오늘은 따뜻하네요.
친정에 있다 시댁 가는 길에 탄 택시인데 새로운 경험을 하게
해주셔서 너무 감사하네요.
벌써 19년의 마지막 달, 항상 건강하게 그리고 행복하게 살길
기도하며 기사님도 운전 조심하시고 건강하세요.
새해 복 많이 받으시길….

벌써 4 년…

| 첫번째 손님

신기한 노트를 받아보게 되었네요.
지금 지각이라 마음이 많이 급했는데 한결 편안해졌어요. ㅎㅎ
한 해 동안 참 많은 일들이 있었는데 시간이 너무 빠르게 가
는 것 같아요.
내년에는 또 어떤 일들이 생길지 궁금하기도, 걱정되기도 하
네요.
즐겁고 행복한 일들로 꽉꽉 채워나갈 수 있었으면 좋겠습니다.
노트의 주인이신 기사님도 늘 행복하시구요!
새해 복 많이 받으세요 :-)

| 두번째 손님

집이 많아 항상 택시를 탈 수 밖에 없는데… 싫은 내색 없이
집도 들어서 실어주시는 친절하신 기사님들이 많으셔서 따뜻
한 마음을 갖고 일하러 가게 됩니다. 고맙습니다.
운전을 해본 적이 없어 얼마나 힘든지 짐작할 수 없지만….
계속 앉아서 이런저런 사람들 만나며 일하시는 게 많이 힘드
실 것 같아요. 그래도 덕분에 하루하루 열심히 일할 수 있는
사람도 있다는 보람과 뿌듯함을 느끼셨으면 좋겠습니다.
날씨는 춥지만 마음은 따뜻한 겨울 보내시고,
2020년도 행복한 일 많으셨으면….
한 번 더 웃는 일이 많으셨으면 좋겠습니다. 수고하세요.
감사합니다. ^-^

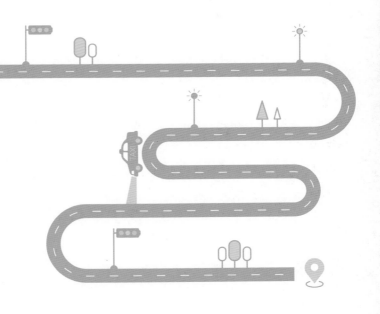

no. 제 2장

전방 200m 앞, 봄이 왔습니다.

2020
01.01

| 첫번째 손님

살롬!!
새 아침, 새 삶을 주신 하나님께 감사를 드립니다.
수많은 힘든 일들이 지나고 이젠 하나님이 주시는 평안이 우
리 가정 가운데 넘치기를 소망합니다.
감사와, 웃음과, 서로를 더 사랑하는 2020년이 되길 기도하며….
우리 가족 모두 건강하고 하나님을 알기를 소망하며~

| 첫번째 손님

오랜만에 써보는 편지.

20년엔 우리 가족 모두 건강하고, 잘 되길 바라본다.

지금 친언니가 수술 중이라 병간호 하러 가는 길인데 무사히 수술이 잘 됐음 좋겠다.

달리는 차 안이라 속도 울렁거리고 글씨도 엉망이라 이만 마무리 지어야겠다.

2020년 기사님 새해 복 많이 받으시고 건강하세요.

동탄에 사는 미녀 아줌마

| 첫번째 손님

이직 할 회사와 계약서 작성 후 집으로 가는 길.
설레임, 두려움이 함께 따르지만 잘 해낼 수 있을 거라고 내
자신을 다독여 봅니다.
손이 얼어서 글씨는 엉망이지만 택시 안은 따뜻하네요.
2020년, 저에게, 기사님에게, 그리고 이 택시를 이용하시는
모든 분들에게도 좋은 기운을 가져다 주기를 희망합니다.
파이팅!

송파동 새댁

| 첫번째 손님

부산 사람의 서울 여행♡
새해를 맞아 서울 공기를 마시니 감회가 새롭다.
언니의 수술도, 나의 임용고시도 모두 잘 풀렸으면 좋겠다♡
기사님 새해 복 많이 받으세요♡

부산 사는 학생

언니의 수술도,
나의 임용고시도 모두
잘 풀렸으면 좋겠다.♡

| 첫번째 손님 🚕

대치동 국어학원 가는 길.
난 숙명여고 2학년이 되는 학생이다.
2학년이 되면서 시험의 중요도가 높아져 긴장된다.
내신… 숙명은 내신 받기 어려워 정시로 방향을 틀었다.
더 무거운 마음이 든다. 오늘도 열심히 해야지!
쉽다고 생각했던 과학도 너무 어려워서 슬프다. ㅠㅠ

첫째 쌍둥이

전방 200m 앞, 봄이 왔습니다.

대치동 국어학원 가는 길.

올해 18세가 되는 숙명여고 학생이다.

고등학생은 나이가 들수록 부담감이 백배씩은 커지는 것 같다.

지금 국어학원을 가는 이 순간조차 발걸음이 무겁다. 하지만 항상 곁에서 응원해주는 학교 선생님과 가족들, 주변 지인들 생각하며 앞으로도 열심히 해야겠다! 꼭!

2년 뒤에 고려대학교 생명공학과에 입학하고 싶다!

공부는 즐기면서! 파이팅 :-)

둘째 쌍둥이

전방 200m 앞. 봄이 왔습니다.

| 첫번째 손님 🚕

8시 20분 출근길입니다.

올해는 입사 8년만에 승진을 해서 '주임'이라는 직급을 달았습니다.

늘 기다렸던 순간이었는데 생각만큼 좋지 않아요.

부담도 되고, 마음도 무겁고, 즐거운 회사 생활도 이젠 그렇지 못해요.

올해 결혼도 앞두고 있습니다. 20년은 제가 더 어른이 되는 해가 될 거 같아요.

택시 안에서 이런 뜻 깊은 시간을 보내게 돼서 오늘 하루도 새롭고 즐겁게 보내려 합니다.

기사님 새해 복 많이 받으시고 늘 행복하시길 바랍니다~

| 첫번째 손님

기사님, 건강하시고 행복하세요.

올해를 시작으로 저도 제가 좋아하고 저를 무척 좋아하는 저희 오빠랑 결혼하고, 오빠 신사업도 도우며 여행도 같이 다니고, 애도 낳고, 알콩달콩 지내면서 건강하고, 맛있는 거 많이 먹으러 다니고, 각자의 회사와 일에서 승승장구하며 서로 협력하고, 서로 사랑하며 감사하고 행복하게 살겠습니다.

| 첫번째 손님

모두 새해 복 많이 받으시길⋯
늘 꿈을 잃지 않길⋯
먼 하늘을 하루에 한 번 보길⋯
가족, 친구에게 늘 감사와 사랑이 담긴 말하길⋯
새로움에 벅찬 한 해가 되시길⋯
소중함을 알고 소중함을 더해가시길⋯
무엇보다, 자기자신을 늘 사랑하길⋯.

| 첫번째 손님

기사님! 먼저, 새해 복 많이 받으세요!
편지를 쓴 게 한참 전이라 공책을 주셨을 때 쓰여져 있는 많은 편지들을 보면서 마음이 따뜻해졌어요.
기사님께서도 이번 겨울 아프지 마시고, 따뜻하게 보내시고, 올해 행복한 일만 가득하시길 기도할게요.
저는 오늘 동생들을 데리고 미술학원을 다녀 왔어요.
피곤하다고 생각했는데 뒤에서 떠드는 목소리들을 들으니 또 귀엽단 생각이 드네용! ^^
안전하게 데려다 주셔서 너무너무 감사합니다.

| 첫번째 손님 🚕

오늘 내 생일파티를 친구들이 해줘서 다같이 클럽에 갔다.
찐 20살 생일을 내가 좋아하는 친구들과 의미 있고 재미있게
보내서 정말 좋다. 얘들아 고맙고 사랑해.
앞으로도 '멜로가 체질'처럼 셋이 쭉 이렇게 친구로 지내자!
알라뷰♡

P. S 오늘 처음 클럽에 가봤는데 앞으로는 갈 일이 없을 것 같다. ^^

| 첫번째 손님

항상 지하철 안에서
'다른 사람들은 바쁘게 이 시간에 어딜 갈까?'
생각해 봤던 경험이 많은데 이 노트 안에서 여러 사람들의
삶을 잠시나마 엿볼 수 있어서 좋네요.
프리랜서로 전향한지 몇 개월 정도 됐는데⋯
지금도 면접 보러 가는 길⋯.
좋은 기사님 만나서 생각 정리하며 갈 수 있어 정말 행복한
아침입니다.
20년 시작된 지 조금 지났지만 새해 복 많이 받으시고 건강
챙기시길 바랄게요!

| 두 번째 손님　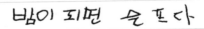

밤이 되면 슬프다.

밤이 되면 슬프다

| 첫번째 손님

잠실에서 동서울 종합버스터미널 가는 길입니다.
퇴사를 해서 백수의 신분으로 고향 내려가요.
^-^ 제가 백수인 건 비밀이에요.
시간이 빠르게만 가는 줄 알았는데, 택시에서 이렇게 글을
적으니 창 밖 배경은 여유로워 보이네요.
아저씨 담배 피우시죠!! 금연 하세요!!
저는 치과에서 일하는 직업이라 그런지 모든 사람들한테
치과 가라고 강요하게 되요. 꼭 다녀오세요!
명절에도 일 하시려나…? 명절 잘 보내시고요~
안전운전 하세요!! 건강이 최고에요!!

백수

2020
01 25

| 첫번째 손님

안녕하세요… 제 이름은 지호입니다.
택시 기사님을 위해 이 노트를 썼습니다.
기사님 힘내세요!
다시 기름 채우고 끝까지 운행할 수 있어요!
새해 복 많이 받으세요!!

지호 7살, 지호가 불러주고 엄마가 써줌

| 첫번째 손님

오랜만에 이런 글도 써보네요.
…요즘 감정이 메말라 가요. ㅠㅠ
가족들과 갈등이 많아서 그런가 봐요, 다들 힘들어서….
옛날이 좋았는데… 이런 말을 제가 하게 되네요.
하루를 후회 없이 살았다면 더 좋았을까요?
미래를 위해 오늘 하루도 열심히 살게요….

| 첫번째 손님

어느덧 올해도 한 달이 지나가네요.
올해 계획했던 일들을 다시 한번 되새겨 봅니다.
올해부터 약 5년간은 20년 제약회사 생활을 정리해보는,
그리고 퇴직 후의 생활을 계획해보는 시간이 되었으면 합니다.
"실행하지 않으면 실현되지 않는다."를 생각하여,
보다 능동적으로 생활해 보려고 합니다.
감사합니다.

정

오늘은 유난히 날씨가 맑다.

2월 1일~2월 2일 팝업 레스토랑을 하기 위해 연습을 하러
가고 있다.

꼬막을 15kg이나 들고 탔는데 아저씨가 별 말씀 없이
오히려 배려해주셔서 하루의 시작을 기분 좋게 하는 것 같다.

기분이 좋은 이유로는

첫째, 좋은 사람과 하루의 시작을 같이 했다.

둘째, 소소한 배려에 나도 모르게 웃음이 핀다.

셋째, 중학교 때 의무적으로 쓰던 일기와 반대로 오랜만에
내 얘기를 적어 나간다.

나도 꾸준히 일기를 쓰는 습관을 가져야겠다.

기분 좋은 하루를 만들어 주셔서 감사합니다. ^^

앞으로 기사님도 매일 행복하지는 않아도 매일 행복한 일
한 가지씩은 있기를 바랄게요.

다시 한번 감사합니다. 새해 복 많이 받으세요!

| 첫번째 손님

진주로 남자친구 만나러 가는 길이다.

6시 차여서 택시를 탔는데 기사님이 친절하시고 잘 대해주셔서 감사했다.

편지를 되게 오랜만에 쓴다. 이 편지를 나중에 기사님이 읽으시면 되게 추억에 남으실 거 같다.

'길 위에서 쓰는 편지' 너무 색다르다. ㅋㅋㅋ

저 곧 대학생 되요!!

하소연을 하자면 수능을 망쳐서 ㅠㅠ 또 수능 볼 예정입니다.

대학은… 경남지역 ㅎㅎ

벌써 2020년 시작된 지 한 달이 지났네요.

새해 복 많이 받으시고 항상 건강하세요. 기사님처럼 친절하신 분은 몇 분 안 계실 거에요.

편안한 운전 해주셔서 감사합니다.

저 너무 아무 말 대잔치 했나요? 쓰다 보니 속마음을 말한 거 같아서 좋네요.

저 이제 시작인데 잘 살아남을 수 있겠죠?

걱정 반 설렘 반이네요. 조심히 잘 갔다 올게요!

올해 목표는 다이어트 & 수능 만점!

예비 의대생이 되길 바라며… 좋은 인연이었습니다 기사님!

혜으니♡

| 첫번째 손님

아침부터 정신 없는 월요일.
늘 맞이하는 월요일임에도 한결같이 정신이 없는 이유는
무엇일까.
늘 마음의 여유를 잃지 말자 다짐해도…
잘 되지 못해 아등바등….
그래도 또 이렇게 하루, 한 주, 한 달이 가겠지.
어제보단 오늘, 오늘보다 더 나아지는 내일을 위해 멋진
내가 되기 위해 힘내야지!
답답했는데 생각을 정리할 수 있는 시간을 주어서 감사합니다.

어제보다 오늘,

오늘 보다 더 나아지는 내일을 위해

타인 내가 나를 위해 해내야지:

" 당당했다고 생각을 정리할도 수 있는

시간을 주어서 감사합니다 ―

전방 200m 앞, 봄이 왔습니다.

2020
02.04

| 첫번째 손님

AM 4:00

우연히 집 가는 길에 기사님을 뵙게 되어 특별한 일이 없던
오늘, 기분 좋게 시작하게 되었습니다.

오랜만에 펜을 잡고 글을 쓰네요…. ㅎㅎ

늦은 시간까지 친절히 안전운전 해주셔서 너무 감사 드립니다.

내일, 아니 오늘 따님분 결혼하는 날이라 기사님도 걱정 반,
설렘 반 들떠 보이시는 건 기분 탓일까요….

요즘 코로나가 유행이라 걱정이 더 하신 것 같은데, 꼭 안전
하고 행복 가득한 결혼식이 되길 바랍니다.

아, 그리고 기사님께서 이 메모들을 모아 책을 내실 계획이
있으시다 하셨는데 얼른 그 날이 왔으면 좋겠네요!

꼭 사서 볼게요! ㅎㅎ

기사님! 늘 행복하시고 건강하시길 바래요♡

건대에서 우연히 택시를 타게 된 승객

| 첫번째 손님

엄마와 함께 교회 가는 길인데 < 길 위에서 쓰는 편지 >
이름도 귀엽고 뭔가 재미있어서 써보려고 한다.
엄마, 내가 한창 철없이 대해도 웃어줘서 고마워.
내가 많이 많이 사랑해. 내랑 오래 살자. ㅎㅎ
기사님! 이렇게 좋은 기회를 주셔서 감사합니다.
오늘 하루 좋은 하루 보내시고 좋은 일 가득하시길 바라요.
결혼 축하 드려요!

압구정에서 송파 가는 길

전방 200m 앞. 봄이 왔습니다.

| 첫번째 손님

아침에 늦잠 해서 택시 타고 동생 졸업식에 가는 중….
제가 사실 차멀미 심한 편인데 기사님 운전이 엄청 잘하시네요!
정중히 운전해 주셔서 감사합니다.
저는 한국에서 일하는 일본 사람인데 이런 택시는 처음이에요~
오랜만에 손 편지 쓰는데 기분이 좋네요! 좋은 하루 되세요!

일본인 마리코

| 첫번째 손님

기사님, 택시 하신지 얼마 안되셨다고 하시는데 이런 편지가 앞으로 기사님께 힘이 되길 바라요.
저는 간호사 면허증을 취득했지만 배우를 준비하고 있어요.
나중에 제가 TV에 나오면 꼭 알아봐 주세요.
'최예다운' 제 이름입니다! 예쁘고 아름다운의 줄임 말.
저희 아버지께서는 오래 택시 일을 하셨어요.
그래서 가끔 상처받고, 힘든 모습으로 집에 돌아오실 때 마음이 아파요.
기사님에게는 그런 일이 있으면, 아니 있지 않을 테지만 힘드실 때 이렇게 기사님을 사랑해주는 손님들을 생각해주세요!
늘 응원하겠습니다.

| 첫번째 손님

안녕하세요 기사님!
저는 신촌 사는 15살 중딩이에요.
오늘 이 택시를 타고 저희 아빠 생파 하러 가요!
저희 아빠는 올해로 만 오십을 달성하신 분인데,
아주 동안이세요. ㅎㅎ
피지컬이 엄청나셔서 멀리서 봐도
어! 아빠다! 하고 알 수 있을 정도에요.
키도 엄청 크고 다리도 긴 우리 키다리 아버지!
생신 축하 드리고 앞으로도 건강하고 행복하세요!

P.S 이제 저희 학교가 개학하는데 빨리 했으면 좋겠어요. ㅎㅎ
제가 좋아하는 선배 보려구^^
근데 저희 학교 뒤쪽에 코로나 확진자 살았어서 개학 늦어질 듯 ㅋㅋ

안녕하세요 기사님!

저는 신춘사는 15살 중딩 여기요.

오늘 이 택시를 타고 저희 아빠 생파하러가요!

저희 아빠는 올해로 만 모성을 달성하신 문인데,

아주 동안이세요ㅎㅎ 피지컬이 임청나서서 멀리서 봐도

이! 아빠다! 하고 알수있을 정도에요, 키도 임청크고 다리긴

우리 커다러 아버지! 생신 축하드리고 앞으로도 건강하고 행복하세요!

| 첫번째 손님

퇴사한지 벌써 보름이 지났어요.

7년을 보냈던 회사인데도 속이 시원합니다.

백수생활을 여유롭게 보내고 싶은데 아침부터 매일같이

몸이 움직여요… 하하

늦잠 자는 게 백수생활의 특권인데…

오늘 뭐하지 생각하는 부담은 버리고 싶어요. ㅠㅠ

앞날이 걱정 돼서 그런가요…?

기사님 아침부터(눈도 오는) 고생 많으십니다.

저의 속마음은 여기까지 입니다 :-)

즐거운 하루 보내세요!

| 첫번째 손님

오늘, 갈림길에 놓였습니다.

쉽게 결정하지 못해 헷갈리고 책임을 회피하고 싶어 친구들에게 의견을 묻습니다.

각자의 답을 내놓더군요.

물론 제가 원하던 대답은 주지 않습니다. 답은 정해져 있습니다.

스스로 답을 정해놨지요. 듣고 싶은 말이죠. 듣기 힘들지만요.

들을 수가 없을 것 같아요. 많은 사람이 반대하니까요….

허나 다시 시작해보려 합니다.

2014년 한 차례의 실패 이후 다신 마주할 일 없을 것 같던 내일을, 내 사업을, 다시 시작해 보려구요!!

혹여나 이 글을 보게 되실 어떤 분에게 힘이 될 만한 어떤 말을 기대해 봅니다.

내일, 힘든 결정을 하게 될 저에게 다 잘 될 거라는 응원 부탁드립니다.

전방 200m 앞. 봄이 왔습니다.

오늘은 눈이 정말 많이 옵니다. 입춘이 지났는데 이런 눈이…
눈이 제대로 겨울을 빛내지 못했던 아쉬움을 이제야 달래나
봅니다.
눈이 와도 이렇게 달리셔야 하는 기사 아저씨를 뵈면서 우리
아버지를 생각합니다.
눈이 오나 비가 오나 사고를 무릅쓰고 택시를 몰고 나오셔야
했던 우리 아부지….
저는 눈길이 무서워 차를 버리고 나왔지만 울 아부지는 그럴수
록(눈이 많이 올수록) 손님이 많다면서 기를 쓰고 나가셨죠.
눈이 와서 실컷 눈 구경하며 걷고 싶은데… 저도 이제 딸래미
먹여 살리려고 눈길에도 출근합니다.
아부지~ 보고싶습니다♡

여의도에서 일산가는 길

| 세번째 손님

눈이 펑펑 오는 아침에 이렇게 기분 좋은 색다른 경험을 하게
되어 지각인데도 마음이 편안해지네요. ㅎㅎ
감사합니다. 기사님!
몇 년을 고민만 해왔던 공부를 드디어 마음잡고 시작했는데,
성실하지 못한 습관들을 고치기가 쉽지 않아 자책하고 확신
이 흔들렸지만, 노트에 적힌 많은 분들의 글을 보며 반성하게
되고 한편으로는 위로도 받은 것 같아요!
졸업을 앞두고 뒤숭숭한 마음에 홧김에 시작한 공부지만 진
즉할 걸 싶네요…. ㅠㅠ
조금 늦게 시작하는 만큼 더 열심히 해야 하는데ㅠㅠ
내일부터는 절대절대 지각 안 해야지….
어쨌든 기사님도, 이 글을 보게 될 분들도, 저도!
올 한 해 원하시는 것들 모두 이루어지길 바랄게요. ＞＜
모두 건강하세용!

기사님! 눈길＋출근 시간대에 먼 거리 안전하고 빠르게 운전해주셔서 감사합니다.

P.S 후에 제가 기사님을 다시 만나 또 한 번 글을 쓰게 된다면 꼭 목표를 이루어 멋있는 검사가 되어 있기를 소망합니다.

| 첫번째 손님

3월이 열흘밖에 안 남은 벌써 2월 19일이네요.

늦잠 자서 회사에 지각할 때마다 이용하던 택시는 핸드폰 만지고 통화하다 보면 도착이었는데, 출근시간 생각 안하고 오히려 늦게 도착했으면 좋겠다고 생각이 드는 건 처음이었어요.

이 이동하는 한 시간이 참 의미 있어요. 고작 한 권의 노트일 뿐인데 기사님의 추억과 그 순간을 함께했던 사람들과의 흔적들이 녹아 든 노트라 정말 가치 있고 값진 거 같아요.

한 자 한 자 적다 보니 저 역시도 이 노트가 책으로 나오면 참 좋겠다는 생각이 듭니다.

나는 '승객'이니까 택시 안의 고요함이 편안했는데 한편으로는 기사님이 나같이 택시 안의 고요함을 편안해하는 승객들을 하루에 얼마나 많이 만나게 될까, 한 시간 혼자 운전하는 것도 지루하고 심심한데 고객의 그 '편안함'을 위해 몇 시간을 조용하게 앞만 보고 달려야 한다고 생각하니 마음 아플 때가 있어요.

기사님도 한 가족의 가장이고 누군가의 남편, 저 같은 한 딸의 아버지인데… 저희는 그저 '기사님'이니까요….

저 같은 딸 같은 손님, 아내 같은 손님, 엄마 같은 손님, 수 많은 손님들과 소통하고 싶어 '길 위에서 쓰는 편지'를 시작한 거 같아 마음이 아프면서도 감동적이고 감사하네요. 정말 멋있어 보입니다!

승객에게 내민 조그만 손길, 조심스러운 순간이 기사님께 커다란 행복으로, 의미 있는 순간으로,

'이 일 하길 정말 잘했다' 라는 생각으로 돌아올 거 같네요.

행복한 한 시간 만들어주셔서 감사합니다. 다른 승객들도 저와 같이 의미 있는 순간이 되시길….

일 하러 가는 길에 탄 택시에서 기사님의 요청으로 펜을 잡게 되었다.

정말 오랜만에 쓰는… 뭔가 낯설지만 새로운 경험이 나름 흥미롭다. ^^ 기사님께서도 친절하시고~

우리 아빠도 부천에서 개인 택시를 하시기에 평소 택시를 이용하게 되면 기사님들께 항상 친절하게 대하려고 한다.

그리고 꼭 내릴 때 '안전운전 하세요'라고 한 마디를 건넨다. ㅋㅋ

뭐든 쉬운 일이 없고 남의 돈 받는 게 쉽지 않지만 운전하는 직업은 더욱 고되고, 많은 스트레스를 받는 일인 거 같다.

술 취한 취객, 딱딱한 손님, 예의 없는 손님 등등….

이 분들 또한 누군가의 아버지… 가장이자 아들, 동생, 친구 이기에 택시를 이용하는 사람들이라면 꼭! 꼭!

매너있게 행동을 해주었음 한다.

오늘은 또 어떤 일이 생길지… 어떤 고객을 만날지… 성과는 좋을지….

웃으면 복이 온다는 것처럼 많이 웃어야지! 이 경험을 토대로 하루를 시작해서 좋은 일들만 있을 거 같다.

요즘처럼 시끄러운 시국에 몸 건강히!! 좋은 생각만 하고 살자!! 그럼 안녕!!

부천 정매력

오늘은 일하면서 또 어떤일이 생길지…

어떤 고객을 만날지… 설레고 즐을지… 많으면 복이온다는것처럼 많이웃고, 하루를 시작하기위해 이용한 택시에서 이정성을 토대로 좋은 일들만 있을까같다.

| 첫번째 손님

어디 대회에 출품하는 것도 아닌데 종이랑 펜을 들면 선뜻 뭔가를 적기가 어렵다.

내 감정을 표현하는 것, 내 스스로를 돌아보는 것이 얼마나 서투르고 어려운 일인지 알 것 같다. 그래서 일기도 생각처럼 쓰지를 못하는 듯.

오늘은 금요일이니 출근 발걸음이 그나마 가볍다. 주말에 외출도 못하고 집에만 있으니 무료하지만, 이번 주는 좀 더 의미 있게 보내봐야지.

코로나19가 심해지는 걸 보니 걱정도 더해진다.

금방 괜찮아 질 것 같다가 며칠 사이에 상황이 심각해졌다. '나는 괜찮아'라는 마음으로 지켜야 할 기본이 지켜지지 않는 게 문제의 원인 중 한 가지 같다.

'나만 잘하자!' 라고 모두 생각하면 금방 좋아질 것 같은데…

얼른 좋아지길 바란다!!

| 첫번째 손님 🚕

분명 어렸을 때는 누구나 부러워하는 집안에서 좋은 성적과
학교를 졸업했는데 지금 내 모습은 왜 이리 보잘것없을까….
새로운 생명의 탄생은 쉬이 기쁜 일이지만 나는 왜 태어났는지….
애초에 나에게 물어봤다면… 거절이나 했으려나…. ㅜㅜ

목요일에서 금요일 넘어가는 새벽

코로나가 판을 치는 이 시국에 그 먼 곳을 갑니다 제가.
택시 타고, 지하철 타고, 고속버스 타고, 기차까지…
온갖 탈 것이라곤 다 탈 것 같네요.
평일에 이미 찌들었는데 주말까지 찌들고 있지만 돈 벌러
갈 수 있음에 감사합니다. 부디 좋은 하루가 되길.
엄마, 생일 축하해….
얼른 일 끝내고 갈게!

김해 가는 길

평원에 이미 짜투없는데
죽말까지 거지줄고 있지만
둘 버려 갈 수 있음에 감사합니다.
너리 좋은 하루가 되길.
엄마. 생일 축하해...
있는 일 끝내고 갈게 !

어제 술을 잔뜩 마셔서 머리가 아프고, 속도 안 좋은데 잡아
놓은 약속 때문에 테니스를 치러 갑니다.
우연히 만난 기사님 덕분에 편하게 목적지까지 이동할 수 있
어 감사하고, 기다려 온 주말인 만큼 알차게 보내야겠다는 다
짐을 합니다.
코로나 바이러스 때문에 침체된 경기가 얼른 살아나서 우리
나라 모든 국민들이 웃을 날이 많았으면 합니다.

| 네번째 손님

오늘은 저의 이사 날이에요.
이사 후엔 좋은 일만 생겼으면 좋겠습니다.
기사님도 항상 안전운전 하시고 건강하게 행복하시길 바라요!

P.S 전 집 주인 놈 너 같은 인생은 참 볼품 없구나. ^^

민주야, 결혼 축하해♡
지금 택시 타고 너의 결혼식장으로 가는 길, 토독토독 내리는
빗방울에 마음이 조금 심란해지는 것 같아.
(코로나가 유행이라 심각하게 고민했지만 너와의 의리를 지
키러 간닷!)
대학교 2학년 때 복학생으로 만나 어느덧 30이 되었네.
참 많은 추억을 회상하게 되는 것 같아.
결혼 잘하고, 신혼 여행도 잘 다녀오고, 무탈하게 건강하자.

P.S 오늘 술은 조금만 마시자!

| 첫번째 손님

오늘은 같이 일하는 언니랑 천안에 가서 일을 하고 왔다.

수서역까지 가서 천안 아산역에 내려서 또 택시 타고 15분을 갔다. 너무 힘들었는데 잠실에 도착해서 언니들이랑 술 한잔 하니까 기분이 좋다.

글을 너무 오랜만에 쓴다.

아무튼 나는 같이 일하는 언니들한테 너무너무 고맙고 미안하다. 친구가 생겨서 좋은 거 같긴 한데 언니들한테는 짐이 되는 거 같다….

술이 들어가서 글이 잘 안 써진다.

언니들 감사합니다.

| 첫번째 손님

택시를 타고 이렇게 손 편지를 만나보게 되었네요.

오늘은 엄마가 담낭암 판정을 받으신 후 위내시경을 하시고, 그 시간에 세입자분(임차인) 이사와 계약일이 겹쳐 부랴부랴 아침에 문정동으로 왔답니다. 계약은 잘 마무리 되었고, 통화로 암 전이가 안 된 것을 확인한 후 다시 엄마가 있는 강남 세브란스 병원으로 가는 길이에요.

코로나19로 어수선한 이 시기에 개인적인 아픔도 함께라 하루하루를 기도하며 살고 있어요. 모든 상황에 평안해 지고 행복하고 건강하게 지낼 수 있기를 바라봅니다.

손 편지를 적고 반나절 일상을 되돌아보게 되니 다시 한번 오후를 힘차게 다짐해 봅니다! 오늘 날씨만큼 좋은 하루 이어지기를 바랄게요. 항상 건강하시고 안전운전 하시길 기도 드려요!

C.H.R

전방 200m 앞, 봄이 왔습니다

| 첫번째 손님

친구들과 밤새 놀고 들어가는 길에 뜻밖의, 하지만 반가운 경험을 하게 되었네요.

사실 오늘이 학부~대학원 7년동안 다닌 학교에서 졸업하는 날인데 코로나가 기승을 부려 졸업식이 취소되었습니다.

그런데 택시에서 이렇게 소소한 기념을 할 수 있는 기회가 생긴 것 같네요.

오늘 저뿐만 아니라 코로나 때문에 졸업식이 취소된 모든 분들 진심으로 축하 드려요. 어서 이 문제가 해결되었으면 합니다.

꽤 오랫동안 잡고 있었던 펜을 내려놓고, 이제 제 인생의 새로운 국면을 맞이하게 되었는데, 항상 나 자신에게 부끄럽지 않은 삶을 살자는 다짐을 하고자 합니다.

이 택시를 타서 저와 같은 경험을 공유하시는 모든 분들도 행복하시고, 항상 건강하시길 바랍니다. 이렇게 좋은 경험을 선사해주신 기사님께도 감사 드립니다.

E.K.M 선호

| 첫번째 손님

세상을 살아가는데 필요한 두 가지를 꼽자면 하나는 용기고,
다른 하나는 지혜라 생각한다.

작년 한 해 무던히도 깨지고 부서지는 와중에 잃지 않았던 마
음이 내게 용기를 배워가게 하였다면, 올 한 해는 그 마음 지
키며 지혜를 배워가고자 한다.

이 글이 책으로 담겨 세상에 나올 때쯤 나는 어떤 모습으로
살아가고 있을까.

용기를 잃지 않고 지혜로 살아가는, 그분의 자녀로 살고 있길
간절히 소망한다.

이윤건(JN)

어느 순간부터 거리 위 사람들은 마스크를 착용하고 거닐게
되었다. 어떤 표정과 기분으로 지내는지 알 수 없을 정도….
쓸쓸하기도 하고, 안타깝기도 하고, 싱숭생숭하다.
그럼에도 하루를 살아가기 위해 평소와 똑같이 생활을 하는
것을 보면 하루하루 감사함을 느낀다.
오늘의 이 마스크 쓰던 날 또한 지나가리라….

NR

이 위기가 어서 극복되기를….
뉴스를 보면서 비난이나 지적이나 원망보다는 마음을 합해서
이겨내면 좋겠다는 생각을 합니다.
늘 안전운전 하시고, 건강하시고, 행복하십시오.

KAHam

이 위기가 어서 극복되기를,,, 뉴스를 보면서
비난이나 지적이나 원망보다는
마음을 합해서 이겨내면 좋겠다는 생각을 합니다.

| 첫번째 손님

다윗이 전쟁에서 크게 이겨 오랫동안 즐기려고 솔로몬 왕자에게 물었다.
"솔로몬 왕자, 내가 전쟁에서 크게 이겨 반지에 문구를 넣으려 하는데 무슨 말이 들어가야 좋을까."
솔로몬 왕자 왈
"그 또한 지나가리라."
온 나라가 코로나 바이러스 때문에 정신적, 육체적 고통을 받는데 이 또한 지나가리라 믿고 싶습니다.

방이동 U.P

날씨가 너무 좋아 나왔다가 우연히 택시를 탔다.
기사님이 '괜찮으시면 하나 써주시겠어요?' 하셔서 무슨
설문진가 했는데, 주제 없는 노트를 한 권 받았다.
전염병으로 사람들과 대화도 피해야 하는 요즘,
다른 방법으로 소통을 할 수 있는 게 참신하다.
모두들 예민해져 있을 이 때, 누군가는 열심히 노력하고,
응원하고, 발전하겠지.
누구의 잘잘못을 따지지 않고 버텨내 보자!!
격려하여 어려움을 극복하라. 두려워하지 말라!!

USUN

| 첫번째 손님

절기로는 봄이 훨씬 지났지만 시국이 시국인지라 아직은 겨울이 마음에 자리하고 있는 요즘입니다.
'길 위에서 쓰는 편지'를 내밀어주시는 기사님의 따스한 마음처럼, 봄은 우리에게 기별 없이 찾아올 테지요.
기척 없이 찾아 드는 봄을 기쁜 마음으로 맞이 하듯이, 우리 주변에도 기쁜 소식으로 가득한 하루들이 쌓여갔으면 좋겠습니다.
모두 건강하시고 행복하세요.

Mr. OK

| 첫번째 손님

코로나로 뜻밖의 재택근무 중 뜻밖의 출근을 했고, 우연히 이 택시를 탔습니다.

많은 사람들이 '이동'이라는 특별한 여정 속에서 자신의 생각을 눌러 썼습니다. 놀러 가는 사람들은 놀러 가듯 글을 썼고, 출근하는 사람들은 그렇듯 썼습니다.

저도 회사에 가는 중입니다. 뒤에 타시는 분들, 기사님의 운전은 무척 편안하니 안심하세요.

저는 아직 인턴사원입니다. 다닌 지는 8개월쯤 되었구요.

6개월이 지났을 때 정규직 전환이 아닌 인턴 연장을 제안 받아 많이 실망했습니다. 사내 정치를 탓해보기도 하고 팀장의 부족한 안목을 탓해보기도 했습니다.

그런데 원인은 결국 나에게서 찾을 수밖에 없더군요.

제 자신을 엄한 곳에 소모하고 싶지 않거든요.

지금 이 편지를 쓰는 시간이 무척 따뜻하게 다가옵니다.

'뜻밖의'라는 말은 이렇게 활력을 줍니다.
코로나로 어렵지만 모두 뜻밖의 즐거움이 있는 하루 보내시
길 바라요.

은평구에서 강남 가는 길에

코로나가 휘몰아치고 있는 2020년 초, 우연히 잡은 택시에서
뜻밖의 기회를 맞이했다. 그저 지나가는 일정대로 흘러갔으면
전형적인 인사와 마지막 카드결제 소리로 마무리 되었을 텐데
기사님의 배려로 이 편지를 쓸 기회를 맞이했다.

지금의 나는 어느덧 27살이 되었다. 순수할 거라고 생각했던
나는 세상에 동요되어 변질되어 갔고, 이룬 것이 없다는 불안
감에 벌벌 떨고 있다.

하지만 잠시 마음을 내려놓고 뻥 뚫린 시원한 한강뷰를 보고
있자니 뭐든 도전해보고 싶다는 생각이 들었다.

절대 포기하지 말고 내 꿈을 향해 도전해야겠다.

이 글을 보는 다른 승객분들도 힘차게 살았으면 한다.

K.D.H

달리는 택시에서 뭔가를 써보긴 처음이다.

얼마 만의 일기인지. 내일 모레면 50인 나이.

잘 살아 온 걸까? 남은 기간 잘 살아 갈 수 있을까?

정답 없는 물음에 공허하지만 7남매를 키워내신 부모님 생각이 난다.

하늘나라에서 막내 아들이 이렇게 살아가는 모습을 어떻게 바라보고 계실지….

그저 하루하루 묵묵히 우리를 키워주신 것처럼 나도 그저 오늘 하루 충실하련다.

인생에 정답은 없으니….

| 첫번째 손님

제가 정말 정말 사랑하는 남자친구를 보러 가요.
비록 부모님이 심하게 반대하셔서 집에는 연습하러 나간다고
거짓말을 하고 나왔어요.
1시간도 못보고 다시 집으로 들어가야 할 수도 있지만 그래
도 가는 택시비가 아깝지 않을 만큼….
근데 지금 택시비가 없네요. 어쩌지;

대치동에서 위례로

힘들게 임용고시를 보고 교직 생활 4년만에 과외 선생님을
직업으로 결정했습니다.
내 아기와도 함께 할 수 있는 시간도 많아지고… 신랑에게도
더 집중하며 내조할 수 있어서 후회가 없습니다.
코로나 때문에 모두가 힘든 시기이지만 제가 교직을 그만두며
명해있던 시간들을 돌이켜보면 지금 이 시국도 지나가리라
생각합니다. 모든 건 시간이 해결해 주더라구요. ^^
그나저나… 오늘 우리 서이가 수업을 잘 들으려나…?

도곡동 가는 K

2020
03.12

| 첫번째 손님

출근길에 만난 택시에서 평생 첫 경험을 하네요~ 차 안에서
쓰는 편지라니!
의학과 법률, 경제, 기술 등의 삶의 도구라면 시와 아름다움,
낭만과 사랑은 삶의 목적이라는데, 아침부터 이런 따뜻함으로,
오늘 하루 살아가는 데 힘을 얻은 것 같아요!
코로나로 힘든 시기, 모두들 잘 이겨내시고, 오늘도 파이팅
하셨으면 좋겠습니다!!

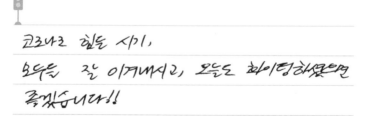

코로나로 힘든 시기,
모두들 잘 이겨내시고, 오늘도 화이팅하셨으면
좋겠습니다!!

| 첫번째 손님

센터 가는 길, 취직한지 5일차.
잘 따라와주시는 회원님들 덕분에 항상 보람차게 일합니다.
코로나로 골치 아픈 요즘, 가만히 있지 말고 집에서 스트레칭
열심히 해주세요!
"건강한 몸에 건강한 생각이 깃든다!"
필라테스 강사님들 파이팅!!

| 두번째 손님

현재 시각 8시 2분.
8시 30분까지 사무실에 도착하기 위해서 '오늘도 어쩔 수 없지' 라고 자기합리화를 하며 택시를 호출하였습니다.
그 요청에 기꺼이 응답해주신 기사님 덕분에 현재 따뜻한 내부에서 음악을 들으며 여유롭게 회사로 향하는 중입니다.
택시를 이용할 때는 기사님의 첫 멘트 또는 분위기를 통하여 목적지에 도착할 때까지 어떤 기분이 될지 짐작할 수 있습니다. 어떤 때는 매우 깔끔한 느낌, 어떤 때는 매우 곤혹스러운 기분이 되고는 합니다. 현재 탑승한 택시 기사님께서는 웃는 분위기로 말을 꺼내시며 편지 방명록을 건네 주셨는데 꽤 기분이 묘하지만 좋네요. 지금껏 이런 글을 작성하는 것은 처음이지만 꽤 색다른 경험입니다.
최근 나라가 전체적으로, 아니 세계적으로 코로나19라는 바이러스와 싸우느라 고생하는 요즈음, 모든 분들이 이전과 달리 신경 쓸 것도 많고 기운도 쳐질 수 있을 것입니다.

이런 때에도 웃으며 글을 적어볼 것을 물으시는 자못 긍정적,
여유로운 느낌을 통해 기사님도 이 택시를 이용하는 승객도
하루를 특별히 여길 수 있다면 좋겠습니다.
기사님 덕분에 새로운 경험을 하게 됐네요. 시선이 닿는 곳마
다 행복한 일이 생기는 날들이 되길 바랍니다.

2020
03.18

| 첫번째 손님

'우리'가 되기로 약속하고 처음 웨딩드레스를 입어보러 가는 길입니다. 드라마나 영화에서 본 것처럼 마냥 설레기만 하거나 로맨틱하지는 않지만, 평범했던 또 외로웠던 매일매일에 특별함이 더해지는 요즘입니다. 그래서 그런지 우연히 탄 택시 안에서 받은 이 공책이 더 특별하게 느껴지네요.

앞으로도 이렇게 작은 데에서도 행복을 찾으며 잘 살라는 것 같아요 :-)

우연히 이 글을 읽게 되신 모든 분들도 일상의 행복을 눌러 담은 이 글들과 함께 힘나고 즐거운 하루 되시길 바랍니다. ♡

영화처럼은...

| 첫번째 손님

25년 살면서 택시에서 이렇게 일기 쓰는 건 처음이에요. ㅎㅎ
친구 결혼식에서 전 남자친구 봐서 기분이 되게 이상했는데
좋은 기사님 만나서 좋았습니다!
코로나 때문에 많이 힘드실 텐데 얼른 잠잠해졌으면 좋겠어요!
건강 조심하시고 우리 모두 파이팅 해요♡ 감사합니다!

ㅇㄱㅇ

2020
03.22

| 첫번째 손님

승민이랑 수서역 SRT 타러 가는 중이다. ㅎㅎ
코로나19 때문에 취업시장이 얼어 붙었는데 이 시기에 합격
해서 연수 받으러 가는 게 행복하다. ＞＜
여튼 고마운 기회인 만큼 이번에는 꼭 잘 버텨서 행복한 월급
길만 걸어야겠다.♡

JW

| 첫번째 손님

오늘 회사에서 해야 할 업무 생각에 잠을 설쳤다.
어제도 조금 늦게 출근해서 눈치 보였는데 오늘도 늦었다가
는 답도 없다 싶어서 택시를 탔다.
기사님께서 일기를 써달라고 하셔서 왠지 하루가 색다르게
느껴진다. 사람 기분이 이렇게 일희일비해도 되는 걸까? ㅠㅠ
눈물이 난다… 그래도 다 잘 되겠지!!
생각보다 큰 사고가 나거나 실수하는 일은 별로 없는 것 같다.
늘 최악을 생각해서 그런 걸까 히히.
아무튼 오늘은 기분 좋게 보내야지. 기사님도 늘 파이팅 하세요~

미모의 직장인♡

전방 200m 앞, 봄이 왔습니다.

오늘은 기필코 택시를 타지 않겠다 다짐했는데… 결국 또 타 버리고 이런 경험을 얻었다. 기사님께서 정말 세심한 분이신 것 같다. 형식도 내용도 가지각색인 여러 사람들의 기록을 훑 어보니 괜히 센티해진다.

코로나, N번방… 연일 시끄러운 세상에 살고 있지만 우리가 지녀야 할 건 역시 사랑이다. 시대를 관통하는 사랑의 마음.

이렇게 펜을 들고 어떤 내용을 쓸지 고민하는 시간을 만들어 주셔서 감사해요 기사님!

덕분에 반복적이고 징그러운 일상이 조금은 특별해졌어요.

창문 밖을 보니 벌써 개나리가 다 피었다. 기사님도 다른 승 객 분들도 오늘 하루, 즐겁진 않더라도 평안하길.

그리고 항상 사회적 약자들을 살피고 그들을 위해 함께 싸워 주셨으면.

오늘은 기분이 굉장히 좋은 날이다. 아침부터 부랴부랴 준비하고 나와서 따뜻한 바람을 쐬며 택시를 기다리니 봄이구나 실감하게 된다. 며칠 전부터 사랑을 하게 되어서 세상이 예뻐 보였는데 역시 오늘도 세상은 좋구나 싶다.

우리 태태오빠는 뭐하고 있을까~ 난 지금 택시 타고 출근하며 이렇게 글을 쓰고 있는데… 나도 정말… 사랑꾼인가…. ㅎㅎ 오빠랑 나랑은 장거리 연애 중인데 마음만은 항상 옆에 있는 것 같다. ^^ 아… 오글거리고 부끄러운데 이렇게 일기 쓰듯이 내 마음 온전히 내비칠 수 있어서 새롭다. ㅎㅎ

항상 혼자서 지내오던 날들이 벌써 기억이 나지를 않는다.
우리 오빠가 내 친구고, 반려고, 항상 행복한 그런 존재로 쭉 남았으면 소원이 없겠다.

보고 싶다~

금요일날 보러 가는데 보자마자 사랑한다고 해줘야지!

태규 N 윤

2020
03.27

| 첫번째 손님

입사한지도 벌써 두 달이 지나고, 길었던 일주일의 마지막 금
요일이 되었다.
기대에 가득 찼던 스물이 너무 빨리 지나가는 건 아닐까 문득
무서워지기도 한다.
'열심히 살아야 하는데' 라며 자책하기도 하고….
하지만 회사도, 인간 관계도 나름대로 잘하고 있다는 생각이
든다. ＼('—')／
조금만 더 나를 칭찬해주자.

KYR

| 첫번째 손님

기대치 못한 승진으로 좋은 사람들과 아침까지 축하 파티를
했네요.
과분한 축하를 받아 멋쩍으면서도 참 행복하고 더 잘해야겠
다는 다짐을 하게 됩니다.
눈부신 이른 아침 햇살에 몸은 힘들고 정신은 혼미하지만, 참
따뜻하고 기분 좋은 하루를 맞이하는 것 같네요.
택시 기사님! 오늘 이 택시를 타는 모든 이에게 하루를 감사
하는 시간을 전달해주세요.
안전 운전하시고 늘 행복하세요! ^-^

룰루랄라

| 첫번째 손님 🚕

날씨는 봄날인데 맘은 아직 겨울.
희망의 날이 올 때까지 다시 한번 맘을 다잡아 본다.
이런 날들의 끝이 있다고 믿기에 또 하루를 버틴다.
희망의 끈을 놓지 말고 파이팅!

2020
03.30

| 첫번째 손님

늦은 학원… 최대한 빨리 가려고 택시 탔습니다.

그리고 이렇게 글을 쓰고 있네요 :-)

많은 분들의 글들을 읽고 세상에는 정말 다양한 분들이 계시며 각기 다양한 삶을 살고 있고, 그 삶을 열심히 살아가는구나 라는 생각이 들었습니다. 읽으면서 웃기도, 뭉클하기도 했네요:-)

올해 졸업생이지만 코로나 때문에 그 흔한 학사모도 못써보고, 졸업 가운도 못 입어보고, 졸업장은 택배로 보내준다더라고요.

노력한, 여러 가지 일이 있었던 4년의 종지부를 집에서 자축했네요. ㅋㅋ 의욕이 떨어지는 해이지만 저도 오늘 이 일기를 읽어보고 다시 한번 마음을 다잡고 다른 분들처럼 열심히 파이팅!! 하려고요.

올해 교육대학원 진학을 목표로 하고 있습니다. 대학 입시를 3년 했는데 또 입시를 하고 있네요. ㅋㅋ

햇살 느끼면서 글을 쓰고 있으니 새로워요. 친절한 택시 기사
분들 뵙고, 웃음 소리 들을 때는 돌아가신 아부지 차타고 다
니던 때가 생각나는데 오늘도 그런 날이네요. ^^
1시까지 학원 가야 하는데 12시 53분⋯ 저런. ㅠㅠ

즐거운 경험한 그림 배우는 27女 P.J.W

늦은 퇴근 .. 거대한 바닐가 가려고 택시 탔습니다
그리고 이렇게 글을 쓰고 있네요 ︶

많은 분들의 글들을 읽고
세상에는 정말 다양한 분들이 계시며
그 삶을 열심히 살아가는 거나가는
생각이 들었습니다. 읽으면서 웃기도,
응원하기도 했네요 ︶

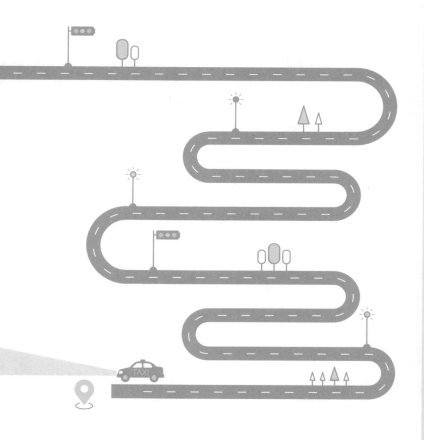

no. 제 3장

여름의 부근,
마스크 단속 구간입니다.

| 첫 번째 손님

나는 세상을 시속 10km의 속도로 사는데,
세상은 마하의 속도로 발전하네요….
한 걸음 천천히 걸어도 괜찮아요!

SNS 스타를 영접한 1人

| 두번째 손님

코로나 때문에 병원이 너무 힘들어요. ㅠㅠ
다들 힘내서 이겨냅시다. ^_^

다이어트에 찌든 한양대 널스

코로나 때문에 병원이 너무 힘들어요 ㅠㅠ
다들 힘내서 이겨냅시다 ^_^

속도 안 좋고 컨디션이 좋지 않은 오늘,
중요한 일정이 있어 택시를 타고 가는 중이다.
길 위에서 쓰는 편지라니….
새롭기도 하고 무언가 마음이 편해지는 것 같아 속이 조금은
나아진 것 같다.
오늘도 날씨가 너무 좋고 봄이란 계절이 다가왔는데, 코로나
라는 무서운 바이러스는 물러갈 생각을 않는다.
불안한 하루 하루의 일상 속에서 이런 작은 힐링을 가지게 해
준 택시 아저씨에게 감사함을 전해드리고 싶다.

APR 하루

이화에 월백하고
은한이 삼경인제
일지춘심을 자규야 아랴마는
다정도 병인양 하여
잠 못 들어 하노라.

해석 : 배꽃에 달이 밝게 비치고 은하수가 흐르는 깊은 밤에
가지 하나에 깃든 봄의 마음을 두견새가 알겠냐만은
다정한 것도 병이 되어 잠 못 들어 하노라.

봄은 봄이지만~
빨리 봄을 느꼈으면~

대명

I 첫번째 손님

내일부터 퐁당퐁당 하루 걸러 한 번씩 당직이다.
오늘 오랜만에 여동생 만나러 가는 길.
만나서 힐링하고 내일부터 파이팅 해야지!
벚꽃이 만개하였는데 코로나 때문에 바깥에서 구경이 힘드니
택시 안에서 맘껏 구경해야지.

전공의 1년차

날씨가 너무 좋아서 무작정 밖으로 나왔다.

회사 생활의 스트레스를 날려버리고 싶다.

땀 쭉- 빼고, 스트레스도 쭉- 빼고,일상에 활력을 불어넣자!!

힘든 나 홀로 서울살이.

나름 열심히 버티면서 살아가고 있다.

하루하루 넘기기 바쁘다. 내일을 생각하기도 벅차다.

내 미래는 어떻게 될까.

1년 뒤, 10년 뒤가 너무 궁금하다.

뭐 어때, 지금을 즐기자!

YCH

| 첫번째 손님

일요일 점심, 8살 우리 고양이가 아파서 병원 검진 갑니다.
빨리 우리 애기 아픈 것도 낫고, 코로나도 빨리 끝났으면 하네요.
벚꽃이 너무 예뻐요.
비록 코로나 때문에 올해는 벚꽃을 즐길 수가 없지만 내년에
는 사랑하는 나의 가족들과 함께하고 싶네요.
기사님도 항상 건강하시고 행복하시고 안전운전 하시길 바래요.
짧은 인연이었지만 반가웠습니다.
행복하세요.

mindblast

| 두번째 손님

오랜만에 날씨도 좋은 날.
오랜만에 기분도 좋은 날.
오랜만에 친구도 만난 날.

오랜만이 좋은 날.
오랜만이란 말이 많이 나온 날.
오랜만이란 말이 이젠 싫다.

매일 보아도 시간이 아까운데.
시간이 없어서, 바빠서, 연락을 못해서
그런 변명은 하고 싶지 않다.

우리 자주 보자. 자주 연락하자.
자주. 사랑하자.
인생의 길이 후회라면 후회없이 사랑하고
자주 보자. 연락하자.

난 그렇게 살고 싶다.

우리 자주 보자. 자주 연락하자.
자주. 사랑하자.
인생거 길이 후회라면. 후회 없이 사랑하고
자주 보자. 연락하자.

난 그렇게 살고싶다.

| 첫번째 손님

일상이 그리운 요즘, 아무 것도 아닌 것 같았던 그 일상이
너무 그립다.
꽃도 보러 가고 싶고, 한강도 가고 싶고, 외식도 마음 편히
하고 싶다.
행복이라는 게 어쩌면 가까이 있었는데 내가 못 느끼고
살았나 보다.

| 첫번째 손님

아이가 자는 모습을 보고 나왔다.
마음이 짠하지만 그래도 우리 모두를 위한 길이라 생각하고
힘차게 발걸음을 옮긴다.
우리 가족이 있어 행복하다.
코로나를 이겨내고 아자아자. 우리 가족 모두 힘내자!
하나님 우리 모두 지켜주세요.
God bless you!

여름의 부근, 마스크 단속 구간입니다.

| 두번째 손님

촬영장 가는 길.
나쁜 일은 언제 끝나는지, 제발 하루만 푹 좀 쉬고 싶다.
코로나도 얼른 종식되었으면….
사는 게 너무 팍팍하다. 일만 하는 기계가 된 것 같다.
활력소를 찾고 싶다!

역삼에서 신촌까지

울 엄마 정기검진 잘 받고 내려갑니다.
조직 검사도 무사했음 좋겠어요.
저도 이 택시에서 좋은 기운 받아 갈게요!

여수에서 김상아

| 첫번째 손님 🚕

오늘 친구랑 놀다가 통금시간에 늦었다.
상황 알려주면서 집에 가는데 아빠 화가 점점 풀리는 듯 하다.
엄마는 자지만 아빠는 왜 안 잘까….
나도 성인인데… 통금이 없어지면 좋겠다.

| 두번째 손님   🚕

요즘 회사가 어려워져서 일주일에 3일씩 일하고 월급도 반씩 밖에 못 받는데 빨리 상황이 좋아지면 좋겠다. 코로나까지 더 해져 상황이 점점 나빠지는 것 같다.

그래도 3일씩 쉬는 건 편해서 좋긴 하다. 돈은 필요한데. ㅠㅠ 코로나가 빨리 없어졌으면 좋겠다. 아직도 마스크 안쓰시고 다니는 회사 어르신분들 제발 꼭 좀 쓰고 다녔으면 좋겠다. 맨날 회사 단톡방에서 코로나 얘기는 많이 하면서 왜 안 쓰고 다니는 걸까??? 기침도 계속 하시고 걱정된다. 오래 사시길.

| 첫번째 손님

유난히 봄기운이 가득한 한 주였다.

그리고 유난히 술자리도 잦았던 한 주의 마지막 출근길.

출근길에 항상 발견하게 되는 햇살 부서지는 한강이 오늘도 눈부시게 아름답다.

아무리 '사회적 거리두기'라지만….

꽤 길어지는 코로나 여파가 봄 내음보다 사람 냄새를 그립게 만드는 것 같다.

어서 코로나가 잦아들고, 사람들 맘 속에도 봄기운이 가득할 수 있기를….

오늘 하루도 파이팅.

아침 8시경 출근길 손님

| 첫번째 손님

AM 7:44

어제 처음으로 PT를 받았더니 너무 피곤했는지 늦잠을 자버렸다.

오전 알바 있는데… 늦어서 택시 타고 가는 중… 흑흑

확실히 지하철보단 택시가 편하긴 하네.

내가 돈만 많았으면 매일 택시 탈 텐데….

오늘 정말 바쁘게 살아야 한다. 수지나 파이팅…!

또 자지 말고!

택시기사님도 좋은 하루 되세요♡

코로나가 얼른 종식되었으면 좋겠습니다.

2020
04 13

| 첫 번째 손님

나는 너무 취했다. 말리부 마시고 그전에 소주 3병을 마시고
너무 취했다. 기사님이 이 글을 알아볼지는 모르겠지만 요즘
코로나 때문에 너무 힘들다….
코로나가 얼른 지나가길 바래요.
기사님 저도 안전하게 보내주셔서 감사합니다.
엄마 아빠 고마워요.

| 두번째 손님　

퇴근을 하고 항상 지하철에 몸을 맡겨 가지만 오늘따라
화가 난 아기사자를 데리러 이 택시에 몸을 실었습니다.
다들 오늘 하루도 따뜻한 하루이길 바라고,
저와 DH 또한 좋은 하루였음 좋겠어요…
사랑한다 이지혜!

YHW 여현우

| 첫번째 손님

6시부터 택시 타고 투표하기 위해 집으로 갔다. 일할 채비를
마치고 나서 투표한 다음 7시 10분 다시 같은 택시에 올라탔다.
모든 어른이 자기가 가진 권리를 소중하게 생각했으면 좋겠다.
좋은 나라와 내가 원하는 나라는 내가 기울이는 작은 관심과
다른 사람들의 관심이 모여 만들어져 나간다고 생각한다.
나는 우리나라를 진짜 사랑한다.♡
모두 살기 힘든 세상이지만 더 나아질 거라 생각한다.
모든 사람이 더 행복하길! 마음도 건강해지길^^!

송주♡_♡

여름의 부근, 마스크 단속 구간입니다.

| 두번째 손님

"길 위에서 쓰는 편지"라니…
아직 이런 감성이 살아있다는 게 난 너무 좋다!
투표를 마치고 (이제는 곧 남편이 될) 남자친구를 만나러 가
는 길, 수많은 택시를 탔지만 내가 남긴 이 글로 더 특별한 택
시로 기억될 것 같다.
만약 이 편지로 좋은 기운을 얻어갈 수 있다면,
항상 비는 소원은 딱 하나!
꼭 아빠 손잡고 결혼식장에 들어갔으면 좋겠다.
사랑해 아빠. 아프지 말자.
아프더라도 덜 아프고 행복하자. (물론 엄마, 동생두!)
이 글을 읽는 모든 분들도 부디 건강하시고 평안하시길.

민또님

| 첫번째 손님

미용실 가는 길인데….
물건을 두고 와서 세 번이나 집에 왔다 갔다 하느라 늦어서
택시를 탔다.
힘들어ㅠ^ㅠ 1시까진데 늦었네….
이번에는 제발 마음에 드는 스타일로 예쁜 머리 할 수 있기를!

| 두번째 손님

입덧으로 고통 받다 오랜만에 서울 나들이.
남편 냅두고 애기 엄마가 된 동생과 곧 엄마가
될 동생 만나러 가는 중!
사람들 만나서 수다 좀 떨면 입덧이 덜하겠지?
새삼 엄마 되는 길은 힘든 거구나 하고 느낀다.
오늘도 힘차고 추억이 되는 하루가 되기를♡

새삼 엄마되는길은 힘든거구나 하고 느낀다.
오늘도 힘차고 추억이 되는 하루가 되기를 ..♥

| 첫번째 손님

퇴근하고 오전 9시.

흔들리는 택시 안에서 몇 글자 적어보는 중.

날씨가 화창하고 햇빛도 좋은데 이제 집에 가서 잠을 자야 한다.

코로나로 인해 몇몇 병원은 경기가 어렵고, 몇몇 병원은 일이

많다. 모든 사람들이 코로나가 끝나고 정상적인 생활에서 행

복해졌으면 좋겠다. 코로나가 끝나면 나는 다시 일반 혈액검

사로 바빠지겠지만 그래도 행복하다. 내가 원하는 일을 할 수

있어서….

기사님 덕분에 글을 써보는데 이런 것도 좋은 것 같다.

아침에 광명까지 택시를 타고 집에 가는데 친절하신 기사님

덕분에 힘이 나고 행복해진다.

우리 모두 파이팅!

철산동 임상병리사가

여름의 부근, 마스크 단속 구간입니다.

| 두번째 손님

저는 창동 간호사입니다.

창동 간호사로 오늘은 선별 진료소 지원업무 가는 길에 택시를 탔습니다.

서울시에서 지원하는 재난 긴급 생활비로 언능언능 신청하시어 힘내십시오~

모두들 파이팅입니다.

기사님도 힘내세요~ 코로나19로 어려움이 많으실 것 같아요.

코로나 검사 받고 택시 이용하시는 분들도 많을 거라고 생각됩니다. 기사님도 건강 잘 챙기시고 파이팅 하세요~!

인터넷으로만 보던 택시 방문록을 쓰게 되니 신기하네요.
취준생으로서 지금 코로나는 너무 힘이 들어요.
취준생이기도 하고 자영업자이기도 한데….
둘 다 너무 힘들고, 더 힘을 낼 때이기도 하고,
혼란스러운 요즘인 것 같아요.
다같이 힘내서 이겨내야 더 좋은 세상이 되지 않을까요.
아, 물론 저는 연애 중이라 행복합니다.
이 행복감으로 견뎌내 보려구요. ^_^

행복한 민선이♡

2020
04.23

| 첫번째 손님

이제 진짜 봄이네요.
원래는 내일부터 오랫동안 준비해온 여행 가는 날인데,
다 취소되고 출근 중입니다. ^^
또 그렇게 준비하고 설레게 되는 시간이 오겠죠.
모두 건강하시길 바랍니다. 기사님두요. ^^

S.J.A

| 두번째 손님

코로나로 사흘 전 해고 통보를 받아 마음이 무겁고 우울했는데
이 노트를 보고 조금이나마 위로가 되네요.
만 4년 근무한 회사인데 잘 마무리 해서 이 힘든 시기 전화위
복이 될 수 있도록 힘내겠습니다.
요즘 같은 힘든 시기 모두모두 힘내셔서 잘 이겨내길 응원합
니다.
오늘 하루도 파이팅!

신사역 가는 길

미대 입시를 준비해서 실기까지 끝내니까 1월 말이었는데,
하필 코로나가 터져버려서 제대로 놀지도 못하고 벌써 5월이
다 되었다. 슬프다. ㅜㅜ
평소에 조금이라도 마음에 들지 않으면 기분이 많이 상하고
불만도 가졌는데 우리나라 의료진들이 열심히 일하시는 거
보면 절대 그런 생각을 하면 안 될 것 같았다….
빨리 코로나가 끝나서 다같이 웃으며 놀러 가고 싶고 밥도 먹
고 싶다.

2020
04.25

| 첫번째 손님 🚕

주말도 쉴 틈 없이 회사를 가야해서, 조금은 편히 가보자
하는 마음에 택시를 타고 가는 중입니다. :)
이동하는 시간동안 늘 바삐 핸드폰의 밀린 연락들을 보느라,
못다한 화장을 하느라, 시간을 보냈던 것 같은데, 잠시나마
refresh하며 쉬어 가는 것 같습니다. :)
다소 막히는 듯 차가 흔들리면서 글씨가 엉망이 되는 것 같은
데 새롭고 신선한 경험에 이마저도 즐겁네요. ㅎㅎ
지금까지 기사님과 함께 이동하며 저처럼 편지를 써주신 모
든 분들의 감성을 기분 좋게 얻어, 오늘 하루가 신선하고 즐
거울 것 같아 기대됩니다 :)
코로나라는 이슈로 모두가 두렵고 힘든 시기를 보내고 있지
만, 긍정적인 에너지로 집단면역력이 잘 전파되면 좋겠습니
다. 오늘도 좋은 하루 되세요♡

미래에셋생명 강남시너지사업본부 유금희

| 첫번째 손님

대학교 친구들이 서울에 내려와서 같이 시간을 보냈다.
나이를 먹을수록 가진 게 많아지고 지켜야 될 게 많아지면,
어쩔 수 없이 용기보단 안전을 우선시하게 되고 잃는 걸 무서
워하게 된다는데 우리는 달라진 게 없다.
뭐든 꽉 쥐면 깨지기 마련인데 난 항상 꽉 쥐고만 있었다.
이제는 느슨하게 내 사람들을 돌보며, 돌아보며 살아야지.
이런 생각을 돌아보게끔 한 기사님도 좋은 인연인 것 같아요.
건강하시고, 또 행복하세요.

.

2020
05.02

| 첫번째 손님 🚕

오늘은 오랜만에 여섯 명이 다 모였다.

미국에서 완전 돌아온 DH, 서울에서 자취를 시작한 MJ, 이직하고 바쁜 삶을 사는 JH, 백수 BR 말 많고 3분 거리 회사에 다니는 SY, 브레인 SM….

벌써 10년이 다 되었는데 정말 그대로인 우리~

우연치 않게 버스를 놓쳐서 좋은 기사님 만나 이렇게 또 추억을 남긴다.

다들 지금처럼 각자 자리에서 행복하자! ^^

우리가 이 글을 어디선가 다시 본다면 우린 각자 어떤 삶을 살고 있을까.

누군가는 결혼을, 누군가는 벌써 자식을 낳아 행복하게 살고 있지 않을까.

언젠가 다시 이 글을 볼 수 있다면…. ^^

이 순간을 다시 생각하며 웃을 수 있기를.

여름의 부근, 마스크 단속 구간입니다.

| 첫번째 손님

무기력하고 코로나 땜에 공채도 안 나고 우울하긴 하지만
그래도 쉬면서 나에 대해 더 알게 되고 쉴 수 있어서 좋다!!
이렇게나마 내 솔직한 얘기를 적을 수 있어서 너무 좋은 것
같아요♡
어린이날 공휴일에도 파이팅! 하시고 항상 건강하세요:)

삼성동 주민 HK

이렇게 내 솔직한 얘기를 나마 적을 수
있어서 너무 좋은 것 같아요♥

| 첫번째 손님

택시 타고 출근하는 날은 바쁘고 지친 맘일때가 대부분인데,
아침 햇살이 좋은 오늘, 편지를 택시에서 쓰게 되다니…ㅋㅋㅋ
기분이 새롭다.
새로운 회사에 적응하느라 하루하루가 정신 없는 요즈음 택시
를 자주 타게 되는데, 오늘 이 경험은 기억에 더 남을 것 같다.
무던하게 본인의 일만 해 나갈 수도 있는 상황에서도, 이렇게
새로운 활력소를 찾아 나가시는 기사님 대단하신 것 같다.ㅎㅎ
오늘 이 기분 좋은 경험 안고 저도 열심히 살게요!!
오늘은 은행에 사람 좀 덜 오시길….

손님이 무서운 행원

| 첫번째 손님 🚕

어제는 어버이날이었다.

부모님과사이가 좋지 않은 때 우리나라는 총선이 끝나고,

또 코로나가 소강 되다가 다시 이태원에서 감염 사태가 나고,

아침에 집에서 나서니 비가 오고….

택시 안에서 펜을 드니 여러 생각이 든다.

목적지까지 가는 길, 가다 보면 도착한다. 우리 모두는 가는 길 위에 있는 거다. 코로나도.

어떤 문제도 어딘가에 도달할 것이고 그게 안전한 결과였으면 좋겠다.

하루 지났지만 용기내서 부모님께 전화할 수 있을까.

묵묵히 운전해 주시는 기사님이 지금 내 길을 가주고 계신다.

택시에서 내리고 나면 내 길을 가야지. 모든 분들이 자기 길을 즐겁게 갈 수 있길 잠시 기도한다. 이제 내릴 시간이다.

나도 힘내서 앞으로 가야지.

송파구 현지

| 두번째 손님

예복 2차 가봉하러 가는 택시 안.
맞춤 정장 실물 영접하는 날이라 매우 기대중~
핏이 예쁘게 잘 나왔길….
코로나 이제 좀 안정화되었나 싶었는데 다시 또 시작인 건가
걱정된다. ㅜㅜ
제발 본식 있는 8월 전까진 좀 좋아지길!!
마지막 잠식되는 순간까지 모두가 긴장을 놓지 않고 다같이
같은 마음으로 잘 이겨내면 좋겠다~ 오늘도 할 일들이 많은
데 마스크 열심히 잘 쓰고 다녀야지.
모두 파이팅♡

| 첫번째 손님

매일 밤, 지하철 타고 아침에 출근해야지 마음을 먹는데 또 택시다. 차를 사려고 2년동안 고민을 했는데, 너무 운전하는 게 무서워서 질질 끌고 있다.

그리고 대장 내시경 하기로 했는데 그것도 7개월째 안 하는 중…. (무서워서)

올해 목표가 대장 내시경, 운전하기, 운동하기인데 아직 운동 하기 1개 빼고는 실천하지 못했다.

나이 35인데 뭐가 그렇게 무서운지 시도해보지 못한 일들이 너무 많다.

오늘은 바이어가 전화와 메일로 또 뭘 급하게 해달라고 할지 걱정된다….

오늘 하루는 6시 칼퇴하고 싶다…. ㅠㅠ

벤더에서 일한 9년 거의 매일 야근이었는데 이제 35살이라서 체력이 안되는 내 모습을 보고 건강관리 해야겠다 다짐했다. (7월에는 꼭 내시경 해야지….)

| 두번째 손님

출근길,

코로나가 다시 심각해지고 있어서 택시를 타고 출근하는 마음이 너무나 무거웠는데 타자 마자 업무 전화에 시달리느라 아저씨 얼굴도 제대로 보지 못하고 지쳐가고 있었던 것 같다. 통화 끝나고 조심스럽게 말씀주시는 모습이 왠지 마음에서 어두운 기운을 몰아가는 것 같아 (이런 성격이 아닌데) 펜을 들게 되었다.

다들 조금씩 힘들고 우울한 와중에 좋은 의도, 선한 의도를 가지고 행동하는 분들을 보는 것은 나에게도 힘을 주는 것 같다. 다들 집에 박힐 수밖에 없는 지금의 현실이 빨리 종식되고, 이 좋은 봄날씨를 만끽하는 그런 날이 빨리 오면 좋겠다.

'부자 되세요.'라는 말이 유행하던 시기가 있었다.

그때가 IMF가 아니었나 싶고, 기억은 가물가물하지만 그만큼 힘들었기에 '부자'에 대한 열망이 많았던 게 아닌가 싶다. 비슷하게 혹은 더 힘든 지금의 시대, 다들 무사히 이겨내고 부자 되세요.

10년 후에 20년 후에 다시 웃으면서 그 시절 추억담을 이야
기할 수 있게 되기를 바란다.

대한민국 파이팅!

월세 집 이사 가느라 급히 나온 지금. 13시 45분.
나의 동료 진영 매니저님, 혜지 매니저님 고맙습니다.
이사도 하고 좋은 날들이 오길…
점심 시간에 본 집이 마음에 든다.
회사에 2시까지 들어가야 하는데 지금 56분이다.
부디 제시간에 도착하길.
오늘의 점심 메뉴 라볶이＋꼬마 김밥. 맛있었다.
게다가 금요일♡
행복하자.

여울e

| 네번째 손님

On our way to Go-Karting! Very excited but a little scared.
I hope that everyone is staying safe during this pandemic….
I fear for the people who are not taking this seriously….
I fear for their families.
Kevin & I stay at home mostly, only leaving to go on our
little adventures (masks are always engaged) are today
we travel in a cab with a man who has a diary for all the
record who happen to ride his cab.
I wish I could read Korean so I could hear others reflections,
introspection within these pages.
However, I think it is very cool what this man is dilling.
Love to all♡

박린

| 첫번째 손님

서울까지 올라온 첫날,
긴장되는 마음을 안고 시험장으로 갑니다!
늘 그랬듯이, 오늘 하루에도 행운이 함께하길…!
시험 파이팅!!

Yeon

| 첫번째 손님

어제 SNS에서 <길 위에서 쓰는 편지>에 대한 글을 보았다.
'나도 이런 기사님을 언젠가 만날 수 있을까?'
생각했는데 오늘 아침 기사님을 만났다.
비가 와서 버스가 늦어지는 바람에 아침에 택시를 탔는데…!
내일은 고3 등교 개학을 하는 날이다.
학교에서 이것저것 준비를 많이 했는데 잘 될지 모르겠다.
코로나가 얼른 종식되었으면 좋겠어요.
비 오는 날 고생 많으신 기사님 파이팅입니다!

요즘 고민이 있어 마음이 복잡했다.

일주일 전만 해도 완벽한 하루들이었다.

700일 만난 남자친구와 조금 권태기가 왔다. 절대 안 올 줄 알았던 게 갑자기 태풍처럼 몰려오니까 감당이 안 되었던 것 같다. 문제는 나만 이런 기분을 느끼는 것 같아 미안해진다. 하루에도 몇 번을 그만할지 이어갈지 끊임없이 고민한다. ㅠㅠ 어제는 내일의 나한테 맡기자고 했었는데 역시 답이 안 나온다. 비 오는 날씨에 아침 일기로 기분을 달래보는 것 같아 조금은 후련하다.

비나 주룩주룩 왔으면 좋겠다.

사당동 가는 RS

| 세번째 손님

힘든 길 위에 서있지만,
그 무게를 함께 할 사람이 있어 다행입니다.
사랑합니다.

JB

| 네번째 손님

아꿍이에게
아꿍아. 성년의 날 축하해!
9월 11일부터 시작될 너의 20대가 늘 찬란하길♡
그리고 건강하자!! 사랑하는 내 동생!

채린언니

아꿍이에게

아꿍아.   성년의 날 축하해 !

9월 11일부터   시작될   너의

20 대가 늘 찬란하길 ♡

그리고   건강하자 ! !   사랑하는 내 동생 !

코로나로 인해 못 봤던 외할머니랑 가족들을 3달만에 보는 날이다.
노령의 외할머니가 밖에도 못 다니셔서 늘 답답해하셨는데 이렇게 잠깐 뵙고 식사하니 좋다.
가족들도 화상으로 만나고.
세상이 바뀌는 건지 내가 적응해가는 건지도 모르게 시간이 가고 있다.
코로나 이전의 시간은 다시 오지 않는다지만 가족의 정은 그대로 이전 같이 있을 거다.
늘 건강하길. 그리고 잘 이겨내길.

이른 퇴근 길에 신난 어느 회사원이

| 첫번째 손님

새벽 4시 19분.

달리는 차안 택시기사님께서 건네주신 노트….

나도 모르게 오늘은 특별한 날이라 이렇게 글을 적어요.

오늘은 제가 14년동안 일한 회사에서 새로운 매장을 9번째 오픈하고 돌아가는 길입니다. 14년동안 가장 친한 동료 3명, 친언니와 오빠 같은 사장님과 이사님과 술 한잔 했습니다.

이곳에서 일하면서 나름 주변사람들에게 인정받는 위치까지 오게 되었네요.

늘 행복을 주는 사람들과 함께 할 수 있음이 너무나 행복합니다. 그리고 가장 사랑하는 나의 신랑에게 돌아가는 길이 따뜻하네요~♥ ♥

달리는 택시 안에서 좋은 추억을 남겨주신 기사님께도 감사합니다~ ㅎ ㅎ

| 두번째 손님

새벽 4시 55분.

세월이 흘러가며 먹는 건 나이만이 아니라는 걸 알게 된 후 나도 몰래 먹는 겁… 나도 많이 나약해졌구나 느낄 때가 자주 있네.

살다 보니 사람이 제일 무섭구나라는 걸 알게 되고 남의 말 한마디가 상처인데 말 못하고, 상처는 열등감과 결합되어 내 이해심과 서투르게 경합된다.

분노로 숙성되지만 인내심으로 누르고, 억지로 웃고 있네.

작을 (소) 마음 (심)

나의 마음 속의 자긍심은 어디로 갔을까??

정답은 없지만 이게 정답같은 삶을 살고 있는 거겠지?

이렇게 혼자 다짐하고 이게 정답이라 생각하고 하루를 또 보낸다.

주민트

| 세번째 손님

나는 직장과 차 타면 20분 거리에 살고 있다.

아침에 자주 종종 택시를 이용해 출근하고는 한다.

직장에 출근하면 기도 빨리고, 한번에 동시에 여러 가지 일을
해야 할 수도 있기에 조금이라도 체력을 아끼려고 한다.

11년차… 또다시 요즘 퇴사하고 싶은 마음이 간절하다.

일도 일이지만 사람이 너무 지긋지긋하다.

얼마 전에 직장상사의 미친발광 때문에 친구랑 2시간 전화하고
잠도 못 자고 심장이 벌렁벌렁… 또 엉엉 울고….

하… 내가 이렇게까지 이 직장을 다녀야만 하는 이유에 대해
서 생각을 해본다.

다시 눈물이 나려고 한다. ㅜ_ㅜ….

그 인간은 기분 나쁘면 화풀이 다하고 남한테 짜증내고,

다음날 기분 좋으면 아무렇지 않게 잘해주고.

타인에 의해서 내 감정이 변하는게 너무 싫다.

이렇게 내 마음을 솔직하게 글로 적을 수 있어서 좋다.

택시 기사님 감사해요. 나중에 책 나오면 구매 꼭 하겠습니다.
세상 모든 의료진들 힘내세요.

2020.5.23. 퇴사 앞둔 11년차 간호사

다시 눈물이 나려한다 T_T,,,,

그 인간도 기분 나쁘면 효롤이 당하고 냉한데 짜증내고.

당한 기분 좋으면 "너 어쩐지" 좋게 잘해주고.

타인에 의해서 내 감정이 변하는게 너무 싫다.

이렇게 내 마음을 온전하게 글로 적을수 있어서 ~~좋~~ 좋다.

| 첫번째 손님

너에게 이 시를 보낸다.
니가 있어 행복하고
니가 있어 사랑받는 나는
너를 만나기 이전으로 돌아가고 싶지 않다.

깊은 터널에 갇혀
앞이 보이지 않는 길
너도 나와 같다면 말해줘

난 길을 떠날 거야
넌 여기에 남아 자리를 채워도
난 널 스쳐가는 길이 외롭지 않을 거야

그는 그녀에게 편지를 썼다.

JH

| 첫번째 손님

외할머니 장례를 끝내고 일상으로 복귀한 첫날.

입관식 때 본 모습은 마치 잠든 사람 같아서 좀처럼 실감이 나지 않았다.

따뜻한 봄날에 가셨으니, 그곳에서 외할아버지와 따뜻하게 봄산책을 즐기셨으면.

곁에 있는 사람의 소중함을 잊지 말아야 한다는 당연한 이야기를 또 한 번 곱씹어보게 되는 계기였다.

Y

| 두번째 손님

심리상담 끝나고 나를 알아가는 게 기쁘고 즐거워서 그리고
남자친구에게 너무 고마워서 이 마음을 적어 놓고 싶단 생각
을 하고 있는 와중 기사님께서 이 공책을 주셨다.
생각들을 그리고 느낀 것들을 기록한다는 것은 이 세상에서
아주 가치 있는 것들 중 하나가 아닐까? 2020년 5월 27일 내
마음과 길이 다른 사람들에게도 닿기를.
좀 더 나은 내일을 좀 더 나은 사람이 된 우리가 만들 수 있길!

박미정

| 첫번째 손님

친구 생일 선물 사러 가는 길입니다.
친구 생일 파티를 코로나 때문에 못 갔어요.
비록 한달 늦은 생일 축하지만 모쪼록 친구가 좋아했으면
좋겠어요.
돈은 없지만 마음이 전달됐으면.

961

| 두번째 손님

오랜만에 쉬는 날, 잠깐 나왔다가 집에 돌아가는 길.
코로나 때문에 이것저것 힘든 게 많지만 그래도 우리는 모두
잘 이겨낼 거라 믿어요!
친구, 연인, 가족 모두 따뜻하게 손잡고 얼굴 마주보며 웃으
면서 이야기할 수 있었으면 좋겠네요.
엄마, 아빠, 사랑스런 내 조카 못 본지도 너무 오래 됐는데….
엄마가 해준 밥 먹고 싶다T_T
그리고 내년엔 시집갈 수 있겠지? ㅋㅋ
아무튼, 다들 건강하고 행복하길.

YEJ

여름의 부근, 마스크 단속 구간입니다.

| 첫번째 손님

좋은 아이디어입니다~ 선물 받은 기분이네요.

오늘은 고등학교 2,3학년 때 같이 반장했던 친구의 결혼식을 가는 날입니다.

(우리 학교에서는 실장이라고 불렀어요.)

학교 졸업하고 10년 넘게 연락 못하고 지내다가 작년에 용기 내서 먼저 연락했는데, 친구가 반갑게 받아주더라고요.

딱 제가 예상했던 대로 멋있는 신여성으로 자란 친구가 엄청 대견하고 자랑스러웠습니다.

그리고 1년여 뒤, 좋은 소식으로 이렇게 만나러 가게 되었어요.

모든 게 미숙하고 혼란스러웠던 시절에 생애 첫 직장동료(?)이자, 공동의 적을 둔(=담임) 동지로 나에게 큰 지지를 보내준 친구입니다.

그 시절처럼 매일 보고 일상을 나누긴 힘들겠지만, 앞으로 같이 나이 들어가면서 그때 고마웠던 것들 보답하면서 지내고 싶어요.

오늘 새로 맺어진 부부에게 놀랍고 감사한 나날이 허락되길
바랍니다.

내 동지! HW이의 결혼식 가는 올림픽 대로 위, HR이가

| 첫번째 손님

코로나로 인해 지방에 계시는 엄마를 반년만에 만났습니다.
굉장한 녀석임에 틀림없습니다.
서울 오시면 가고 싶은 곳이 많은 호기심 많은 엄마인데 남대
문이고, 경동시장이고….
어느 한 군데도 맘놓고 갈 수가 없습니다.
다음 주에 내려가신다는 말에 일요일 늦잠 자다 벌떡 일어나
무작정 나섰습니다.
택시 아저씨가 노트를 주십니다.
지금 이 시간도 이 노트 기록으로 인해 추억이 되겠군요.
감사합니다.
모두가 힘든 2020년.
하루 빨리 회복되어 건강한 대한민국이 되었으면 좋겠습니다.

오늘은 예비 신랑, 신부인 우리가 웨딩홀 투어를 가는 날이에요.
내년 5월 1일에 결혼을 앞두고 있는데 아직까지는 뭐가 뭔지
잘 모르겠네요.
어제 술도 엄청 마시고 피곤해서 택시를 탔는데, 결혼하면 이
렇게 못 살겠죠?
코로나도 문제고 돈 걱정도 많고 끝이 없는 방황과 절망 속에
누군가와 함께 할 수 있다는 것은 큰 힘이라고 생각합니다.
아무리 힘들고 포기하고 싶어도 다 잘될 거고 '이 또한 지나
가리!'라고 생각하면 나중에 다 추억이 되더라구요.
더리버사이드호텔 보러 가는데 좋았으면 좋겠네요.
시간이 얼마 안 남았으니 다들 힘내시고, 건강하시고, 나의
특별한 사람과 화려하게 술잔을 기울여 보시는 거룩한 순간
을 가져보세요.

오늘 전역 6주년인 예비 아저씨랑 옆자리에서 숙취에 쩔어있는 예비 아줌마랑

로우텍스 세무회계에서 처음 맞이하는 소득세!
무사히 마무리가 되어 간다.
올해는 첫 단추를 잘 꿰고 내년에는 더 열심히 살아야겠다.

박준혁 세무사

| 첫번째 손님

출근길에! 무거운 짐 들고 월요일 아침 버스를 탈 자신이 없어서 탄 택시에서 뜻밖의 글을 적게 되었다.
모두들 이렇게 사는 것인지…
너무도 할 일이 많고, 바쁘고, 지치는 요즘이었다.
아직도 한 것보다 해야 할 것이 많지만, 기사님께서 만들어 주신 생각할 시간덕에 오히려 머리가 정리되고 편해진 것 같아. 마치 머릿속에 환기가 된 느낌!
오늘도 할 일이 산더미지만 잘해 나가야지….
우리 부모님도 이겨내셨던 것처럼 나도!
오늘도 힘내기!

오늘은 분장사, 내일은 교수님! 두 가지를 사랑하는 내가 나에게 씀!

아직도 한 것 보다 해야 할 것이 많지만,
가사님께서 만들어 주신 생각할 시간이
주어지니 오히려 머리가 정리되고 편해진
것 같아. 마치 머릿속에 환기가 된느낌!
오늘도 할일이 산더미지만 잘해나가야지.
우리 부모님도 이겨내셨던 것처럼 나도!
오늘도 힘내기!

오늘 첫 출근하는 친구가 있습니다.
코로나19 때문에 남편사업이 잘 되지 않아
직장을 다녀야겠다고 다짐한 친구입니다.

| 첫번째 손님

사는게 너무 바빠서 주위를 돌아볼 여유가 없네요….
힘들어요.
그치만 이러다가도 저는 또 일어나요!
'괜찮아, 나는 다 해낼 거야!' 다짐합니다.
지지 않아요 세상에!
오늘도 잘해낼 거고 내일은 조금 더 활기찰 거예요.
기사님 덕분에 오랜만에 택시에서 여유를 느낀 것 같아
감사합니다.ㅎㅎ
노래를 끄고 글을 쓰니 마음이 차분해지네요.
이 길은 조금 돌아가는 길인데 말이죠ㅋㅋ
그래도 좋네요!^_^
아마 오늘을 조금 더 즐길 수 있을 것 같아요.
감사합니다. 행복하세요♡

| 두번째 손님

예상치 못한 이슈로 다니던 회사를 그만두게 되었어요.
그 누구도 예상하지 못했던 세계적 이슈에 어쩔 수 없는 상황
이 된 거죠. 그 덕에 지금 이직 아니 취업을 준비 중인데 오늘
마지막 최종 면접을 보러 가요.
아침 내내 비가 내리다 약속 시간이 다 와가니 해가 나오는
건 아무래도 좋은 징조겠죠?
이렇게 좋은 기사님도 만나 더 희망차네요.
우리 취업을 준비하는 모든 분들! 곧 좋은 소식 있길 바라고
기사님도 늘 파이팅입니다.

| 첫번째 손님

무엇을… 무슨 글을 쓸지….
나는 요즘 오로지 한 가지 생각뿐이다.
그 한 가지 소망이 이루어졌고, 그 생각 안에서 열심히….
무엇이든 하고 있다.
이제야 살아있는 삶의 의미를 느끼고 만끽한다.
소망은, 소원은… 생각은, 상상은,, 이루어진다. 반드시!
나는 인복이 많다.
나는 무엇이든 할 수 있다.
나는 사랑받는 사람이다.
나는 행복한 사람이다.
우주는 항상 지금도 나의 소망을 이루어준다.
나는 항상 기분이 좋다.
당신들도 그렇다.
모든 이들의 소망이 이루어지길 바란다!

나는 인복이많다. 나는 무엇이든 할수있다.
나는 사랑받는 사람이다.
나는 행복한 사람이다.
우주는 항상 저절로 나의 소망을 이루어 준다.
나는 항낭 기분이 좋다.

당신들도 그렇다... 모든이들의
소망이 이루어지길 바란다!

| 첫번째 손님

오늘은 아빠 기일이다.

요즘 가끔 꿈에 나오시는데 살아 계실 때는 아빠를 그닥 좋아하지 않았다.

근데 돌아가시고 내가 나이를 먹어가니 아빠를 완전히 이해하지는 못하지만 안쓰러운 마음이 든다.

그도 사랑을 많이 받고 자랐다면 우리에게 또는 엄마에게 사랑을 주는 법을 알지 않았을까. 지금 가는 길에 맘이 많이 무거운 거 보니 나도 아빠에게 사랑을 많이 드리지 못한 거 같다.

엄마에게라도 더 많이 잘해야 하는데….

저냥반도

아마

어젯밤도 난 그 친구와 함께였다.

함께 술을 한 잔 했지만, 그 이상은 함께하지 않은….

또 한 번 서로를 원하고 좋아하는 마음은 알았지만 주변의 여
러 상황 탓에 그 이상 다가갈 수 없다. 그래서 여전히 머리가
아프고 힘이 드나 보다.

그러던 중 집으로 돌아오는 택시 안에서 지갑을 잃어버렸다.

체념과 후회, 짜증이 가득했지만 지금 이 택시의 기사 아저씨
의 조언과 도움으로 '혹시나 찾을 수 있을까' 하는 희망을 품
어본다.

그 친구를 향한 마음도, 상황도 마찬가지인 듯하다.

지금은 우리 사이에 무언가 벽이 있고, 무언가 주저함이 있지만….

모르겠다. 우리 사이에도 밝은 희망이 있을지.

혹시나, 혹시나.

토요일 아침, 병원에 가는 길입니다.
사랑하는 당신의 손을 잡고 어딘가로 나서는 이 시간.
내가 당신의 손을 꼭 쥐면 당신도 내 손을 꼭 쥐고,
내 손에 꼭 들어오는 당신의 손이
아침 햇볕처럼 보드라워서, 아침 베개처럼 폭신거려서
쥐었다 폈다를 반복합니다.

심리 상담사 박대령

어제는 '화'가 많은 사람과 부딪히는 일이 있었는데 그 사람에게 화를 내진 않았다. 화가 많은 사람들과 상종하면 나도 모르게 그 사고회로를 닮아가기 때문이다.

결국에는 우리 뇌도 근육이랑 같아서 자주 쓰는 부분이 강화되는데 화 많고 우울한 사람이랑 있으면 나도 그렇게 되는 게 당연한 거지. 그냥 그 사람이 뭐라 하든 대꾸조차 하지 않았다.

화려한 사람들과 어울리는 것 또한 처음에는 좋을지 몰라도 최악의 상황으로 봤을 때 많은 고민이 들게 될 것이다.

그런 인간관계에서 허영심을 내려 놓지 않으면 반드시 내가 이상한 사람이 되어가는 것을 느끼게 된다.

좋은 사람들 곁에 있으며 좋은 영향을 주는 사람이 되고 싶다.

| 다섯번째 손님

드디어 오늘, 3월 예정이었으나 코로나 때문에 미뤄졌던 시험을 보러 간다!

떨리는 마음이 매우 크지만 난 잘 할 수 있을 거다.

요즘 따라 내 주변 사람들에게 너무 감사하다.

따지고 보면 내 시험인데 본인들의 시험인 것 마냥 따뜻하게 응원해주고 나를 믿어준다.

덕분에 정말로 행복하다.

최근 두근거리는 일이 생겨서 새벽에 잠을 잘 이루지 못한다.

오랜만에 느껴보는 감정에 어찌해야 될지 모르겠다.

그냥~ 그 사람도 나와 같은 생각이었으면 좋겠다.

그 사람이 실수하는 모습들이나 단점(?)도 내 눈에는 사랑스럽다. 이런 일기장에 그 사람 얘기를 쓸 정도면 이미 나도 모르게 빠져버린 것 같다.

나도 누군가의 일기장 같은 곳에 자리잡고 있을까.

누군가에게 기억되고 기록된다는 건 영광이지 않을까.

요즘 따라 행복한 일들만 일어나는데 흘러가는 대로~
모두가 행복했으면 좋겠다.

요즘따라 내 주변 사람들에게 너무 감사하다.

따지고 보면 내 사랑인데 본인들의 사랑인것 마냥 따뜻하게

응원해주고 나를 믿어준다. 덕분에 정말로 행복하다.

그리고 두근두근거리는 일이 생겼는데 새벽에 잠을 잘 이루지

못한다. 오랜만에 느껴보는 감정에 어찌해야 될지 모르겠다

시험이 70일 남았는데 가족들이 너무 보고 싶어서 본가로 가는 중이다.

혼자 서울서 자취한지 3달째. 배달 음식만 먹은 지 3달째다.

오늘은 동생이 보쌈을 해주기로 했다. 사실 가족들보다 보쌈이 제일 기대된다. 후후

1시 30분 찬데, 지금은 1시 16분이다. 에어컨으로 택시 안은 시원한데 땀이 날 거 같다. 너무 초조하다….

같이 가는 친구는 아침부터 언니랑 싸워서 언니 욕을 한다.

하지만 초조한 내 귀에는 들리지 않아;

오랜만에 보는 엄마를 위해 에그드랍을 사갈 거다.

매일 드라마 보면서 먹고 싶다 하셨는데 드라마가 종영하고서야 사드릴 수 있게 됐다.

너무 보고 싶다.

2020
06 08

| 첫번째 손님

어쩌다 온 잠실에서 어쩌다 잡은 택시.
계획 없이 살던 내가 계획을 만들자 뜻밖의 일이 자주 일어난다.
결국 아무것도 내 마음대로 되지 않는 삶이지만 차라리 예상치
못한 선택의 길이 내겐 단비처럼 달다. 어딘가 진득하게 의지
하고 싶은 마음에 마구잡이로 의미를 부여하고 믿고 싶었다.
격렬히 수동적인 삶이지만 이것마저 내가 선택한 일임을, 과
연 어떤 악취 나는 권력을, 자유를 원하는 것인 것 내 스스로
도 모르겠다.
오늘도 인간이기에 죽고 싶고, 인간이기에 처절하게 살고 싶다.

세휘

여름의 부근. 마스크 단속 구간입니다.

| 첫번째 손님

손 글씨에 자신이 없어서 20분간 망설이다 펜을 들었다.
고민이나 공유하고 싶은 일을 적으면 된다고 하시는데 생각
해보면 큰 고민이나 걱정 없는 내가 참 행복하고 축복받은 사
람인 것 같다.
올해는 사랑하는 딸 서윤이도 태어나고, 행복하고 기억에 남
는 한 해가 될 것 같아서 딸에 대한 편지를 쓰기 위해 펜을 잡
았다.
사랑하는 딸,
아빠는 딸이 태어나서 너무 행복하고 하루하루 서윤이를 보
는 시간이 너무 소중하게 느껴져. 평일에는 많아야 1~2시간
얼굴보고 소통하는 게 전부여서 너무 아쉽고, 일찍 잠드는 날
이면 딸 보고 싶어서 어두운 밤을 오가고는 한단다.

이제 크면 기억도 못하고 '아빠 미워'라고 하는 날도 오겠지만 그래도 아빠는 딸을 사랑한단다. 비록 표현이 서툴고 시간을 많이 못 보내지만 항상 사랑해.
예의 바르고 주위를 보살피는 사람이 되기를 바랄게~
사랑해♡

아빠 준홍

| 두번째 손님

2시 47분
43살… 낮술에 취해…
어제 느끼지 못함을 오늘 취해봅니다.

아스팔트를 갈아 편편히 눌러 붙이듯 우리의 마음도 그렇게
펴졌으면 좋으련만….
곧 있을 납골 공사에 다시 한번 장례를 치러야 하는 아픔을
되새기고 싶지 않아 벌써부터 겁이 납니다.
갑작스럽게 엄마를 떠나 보내고 내게 주어진 큰 삶의 무게
를… 당신의 존재가 얼마나 대단했던 건지 뒤늦게 알았습니
다. 꿈에라도 한 번 나타나 주세요. 낼 모레 정성을 다해 찾아
갈게요.
고맙고 사랑합니다.

| 첫 번째 손님

요즘 저는 고민이 많은 시기입니다. 꼭 모든 것이 내 나이가 어때서 그런 것은 아니더라도, 앞 자리가 달라지니 이전과는 다른 많은 생각과 고민을 하게 됩니다.

하고 있는 일이 내게 맞는 것인지 지금 그 일을 하면서 행복한 건지 미래를 생각하기도 해야 하니 생각이 많다가도 그 생각에 지치는 요즘입니다.

다행인 건 좋은 사람들이 주변에 있다는 거에요. 내가 좋아하는 사람이 나를 좋아하는 일은 기적이라는 걸 느낍니다. 그래서 멀리 가지 말고 내 주변을 잘 챙기고자 노력 중입니다.

좋아하는 사람과 하나의 목표와 방향으로 시간을 보내고 서로의 발전을 위해 노력하는 요즘이라 행복해요.

제가 바라던 것들이 어려움에도 작던 크던 하나씩 이뤄졌음 좋겠습니다. 함께한 나날이 모여 내 인생이 행복으로 충만하길 바랍니다. 택시 안은 이런 생각들을 조용하고 깊이 하게 되는 곳이네요. 모두가 행복하길 바랍니다.

HJ

| 첫번째 손님 🚕

하루하루가 너무 짧다.

직장에서도 잘 해나가고 싶고, 좋은 엄마, 좋은 아내, 좋은 딸, 좋은 며느리고 싶은데 늘 부족하고 모자란 구석이 더 커 보인다.

회사에서는 젊고 능력 있는 친구들이 많아지고 내 자리를 보장받을 수 있을 만큼, 나는 늘 한 발 두 발 더 열심히 걷고 때로는 뛰는 척도 해야 한다.

그래도 늘 힘낼 수 있는 건 역시 나의 이쁜 딸! 솔이가 있어서다. 더 많이 해주고 더 많이 돌봐주고 안아주고 싶은 하나뿐인 우리 딸. 사랑한다.

엄마는 네가 있어서 삶이 더 풍요로워졌단다.

당당하고 떳떳한 멋진 엄마가 될게~

오늘도 살아있음에, 건강한 가족들이 있음에 감사하며….

쩡

| 첫번째 손님 🚕

코로나로 힘든 요즘, 집에만 있기 외로워 우리 이쁜 블랙탄 포메 탄이를 가족으로 분양 받았다.

남자친구도 비슷한 시기에 만나 요즘 셋이서 엄마, 아빠, 딸 가족 놀이를 하며 행복한 날들을 보내고 있다. 힘든 시기이지만 서로 사랑하며 오래오래 항상 행복했으면 하는 바램이다.

사랑해 여보~ 우리 딸래미♡

행복한 우리 집 가는 길

| 두번째 손님

출근하는 길에 보고 싶은 사람도 많고, 감사한 사람도 많고!!
왜 눈물이 나냐….
모든 게 감사합니다!!

| 첫번째 손님 🚕

나를 위해 서울까지 달려온 그녀와
무더운 여름 날씨에 더위를 잊을 수 있도록
이열치열 뜨겁게 사랑하겠다.

정제된 글은 기품 있고 아름답지만, 글씨를 휘날린다고 해서 그 문체까지 난잡할까.

아마 수많은 승객들이 도시의 문물 위에 저마다의 꿈을 이루기 위해 낯설기만 한 이 공간을 배회하리라.

오늘도 거친 밀림과도 같은 이 곳에서 누군가의 신음이 자욱한 향기를 내며 진동하리라.

나는 죽어가는 모든 이를 사랑한다. 그들의 손을 부여잡고 기꺼이 세상에 몸을 내던지리라.

아, 문학도가 법학도가 되는 과정은 험하고도 멀다.

수많은 누군가의 아픔을 한낱 인간이 어루만질 수 있을까.

헛된 희망일지도 모른다는 회의감이 언제나 나의 발목을 잡지만, 나는 그것을 아름다움이라 생각한다.

몇 년 후에는 번듯한 정장에 넥타이를 매고 법원을 가기 위해 탑승할 것이다.

지금은 셔츠와 청바지를 입고 있는 내가 자격증의 이름 아래 변하지 않기를. 비상하는 독수리가 풍파에 날개가 꺾이지 않기를.

시퍼런 하늘 아래 도시의 어느 한 무교인은 기도한다.

신림에서 강남가는 길

나 바닥 쳤을 때 있었잖아….

자괴감이 극에 달했을 때, 이런 생각이 들더라.

직장도, 사랑하는 남자친구도 이십 대에 내가 가지고 있던
모든 게 사라졌어.

그럼 난 뭐지?

아무것도 아닌 나는, 난 어떤 사람이더라?

뭘 좋아하고, 뭘 하고 싶었더라?

나는,

그림 그리는 걸 좋아했고, 예쁜 옷, 꾸미는 것도 좋아하고,

예쁜 카페에 가서 메뉴를 먹어보는 걸 좋아했던 사람이었어.

이제 나는 세상 눈치 보지 않고, 철든 척 하지 않고 내가 온전
히 좋아하는 것을 해볼래.

이제 그래 보고 싶어.

| 첫번째 손님 🚕

앞으로 뭘 해야 하고 뭐가 옳고 그른지 고민도 많고 걱정도 많다. 걱정할 필요도 없고 신경 쓰지 않아도 된다는 것을 수없이 남들이 알려주고 스스로도 알고 있지만 매일매일 생각이 많다.

24살 나는 아직도 제자리 같다.

이것저것 많은 것을 알아가고 많은 사람들을 만나왔지만 나 자신은 그대로다. 하고 싶은 게 뭔지 잘 모르겠다. 잘하는 게 뭔지 모르겠다. 다시 시작하기 전으로, 어른이 되기 전으로 돌아가고 싶다.

여기 끄적이면서 나의 검은 덩어리들을 모두 담아 잊어버리고 긍정적이며 밝게 매일매일 열심히 나아가는 작은 바램이 생겼다.

변하고 싶고 잘되고 싶은 마음은 강하다.

하루하루 아깝게 소비해왔던 올해 반이 벌써 지나간다. 남은 반년 동안 이룰 수 있는 것들이 많을 것이다. 걱정 고민 없이 좋은 생각 좋은 사람들이 가득했음 좋겠다.
오늘 갑작스럽게 이 택시와 기사님을 알게 된 것처럼.

앞으로도 일해야 하고 무가 좋고 그른지 고민도 많고 걱정도 많다

걱정안 필요 없고 신경쓰지 않아도 된다는것은

수많이 남들이 얘기하고 쓰려도 얘기 했지만

매일 어떤 사람이 맞는다

24살 나는 아직도 ~~~~~ 제자리같아 ~~~~~

이것저것 ~~~~~ 많은것은 알아가고 많은 사람들은 만나맞으나

나 자신은 그대로 인것 같다

2020
06 19

| 첫 번째 손님

아이 학교에 간다.

아이는 집에 있는데… 마스크 쓰고 택시 타고 급하게….

학교 일을 도울 수 있어 감사하고 좋기는 하지만 아이들이 없는 학교는 쓸쓸하고 적막하다.

얼른 이 어둡고 지치는 시간들이 지나 일상으로 속히 돌아가길 바래본다.

예전의 모습이 그립기도 하지만 그저 건강하게… 아주 편한 예전의 일상은 아니더라도 지금 이 시간도 감사하며….

미세먼지 잔뜩 낀 오전 10시 20분

| 첫번째 손님

남자친구의 친구 커플과 여행가기로 했는데 늦었다.
화성에서 서울까지 택시를 탔다. 75000원 예상.
시간은 금보다 귀하다 했던가.
이게 다른 사람들의 기다림 값일까… 속상하다.
삶은 무작위의 연속인지 알 수 없는 일, 변수가 참 많다.
다 예상하며 비켜갈 순 없지만 지혜롭게 대처할 줄 아는
내가 되자.

| 첫번째 손님 🚕

안녕 오빠, 오빠는 지금 무얼하고 있을까?

우리가 헤어진 지 이제 딱 2주가 되네….

만나고 있는 동안은 잘 몰랐지만 지금 떨어져서 생각해보니 같이한 순간 순간마다 너무 소중했었던 것 같아.

부족한 '나'를 항상 최고라고 말해줬었던 오빠가 많이 생각날 것 같아. 아무 것도 아니었던 나를 만나는 동안 반짝반짝 빛이 나는 사람으로 만들어줘서 고마워.

옆에 있을 땐 쑥스러워서 말 못했었는데 이제 옆에 없다고 생각하니 하고 싶은 말이 너무 많아.

사랑하는 동안 나란 사람 너무 잘 아껴줘서 고맙고 항상 응원할게! 행복했으면 좋겠어!

고마워, 사랑해!

| 두번째 손님

내가 좋아하고 소중해하는 사람에게서 연락이 왔다.
브런치 먹자고…. ^^
그 전화 한 통에 부랴부랴 씻고 준비해서 택시를 탔다.
너무너무 설레고 행복하다.
지금처럼 오랜 시간 그 사람과 많이 웃고, 이야기 나누고,
행복하게 살고 싶다. ^^

내가 좋아하고 소중하는 사람에게서

연락이 왔다. 브런치 먹자고 .. ^^ .

그 전화 한통에 부랴부랴 씻고 준비해서

택시를 탔다. 너무너무 설레이고 행복하다

지금처럼 오랫시간 그사람과 많이 웃고

이야기 나누고 행복하게 살고싶다 ^^ .

2020
06 23

| 첫번째 손님

TV에서 기사님을 뵙고, 꼭 만나고 싶었는데…!
요즘처럼 힘든 시기인 저에게 복이 오려나 봐요.
이렇게 기사님도 뵙고♡
다들 힘든 시기를 겪고 있겠지만… 유독 제가 더 힘든 것 같은 건 기분 탓이겠죠?
일자리를 구하는 것도 힘들고, 이래저래 지치는 하루하루입니다.
요즘은 약도 줄이고 운동도 열심히 하며 견디는 중인데, 이렇게 힘들 땐 하늘에 있는 저희 오빠들과 아이가 생각이 납니다.
뜻대로 되지 않는 게 인생이라지만 오빠를 둘 다 잃고, 우울증과 불면증을 앓게 되고, 그 시기에 생각지도 못한 유산을 하게 되었어요.
다 버리고 떠나고 싶었을 때 친구들이 곁을 지켜줬고 희망이 되어주었어요.
아직은 공황장애며 정신적 장애를 이겨내려 노력 중이지만

여름의 부근, 마스크 단속 구간입니다.

이 시기에 기사님을 뵙게 되어 더욱더 힘이 납니다.
잘 이겨내며 하늘에서 지켜 볼 세 사람을 위해 열심히
살게요. 감사합니다.
산소 가는 길에 뵙게 되니 눈물이 나네요.
기사님, 이렇게 좋은 일 실천해주셔서 감사해요.
잊지 않을게요. 항상 힘내시고 기운내세요.

Min

엄마...

7월 이사를 준비하면서 몸과 마음이 힘든 요즘,
문득문득 돌아가신 부모님이 너무 그립다.
엄마 아빠를 부를 수 없다는 슬픈 생각에 지금 택시를 타고
큰언니, 둘째 언니를 만나러 홍은동으로 가는 길~
한강도 보이고, 남산 타워도 보이고, 이렇게 예쁜 세상을 함
께 한 시간이 너무 짧았기에 많이 아쉬웠나 보다. 대학생인
두 딸아이를 지켜보면서… 친정 엄마가 보고 싶어진다.
단 하루 과거로 돌아간다면 젊은 날의 아빠, 엄마가 보고 싶다.
엄마! 잘 살게~
그때가 되면 엄마가 사는 그 세상에서 꼭! 마중 나와 줄 거지? ^^

반백살 막내딸 찌니

목적지에 도착했습니다.

충남의 알프스 청양에서 상경한 명업식입니다.

세 딸을 낳아준 아버를 10여 년 전에 먼저 보내고 예쁜 딸들하고 열심히 살다 보니 작년에 환갑을 보냈네요.

큰 딸은 결혼해서 아들, 딸 둘을 낳아 잘살고 있고, 둘째 딸도 결혼하여 딸아이를 낳아서 손자, 손녀가 셋이나 되네요. 지금은 막내 딸하고 둘이서 살고 있습니다.

전 축협중앙회를 다니다 퇴직하고 관련된 업종에서 10년 정도 무역업을 하였으며 도, 소매 등 사업을 하다 마지막에 잘못되어 그만두게 되었습니다.

뒤늦게 택시 운전대를 잡았지만 사소한 시비로 마음 아픈 일이 많아 이 일을 계속 할 수 있을까 걱정만 커졌습니다. 그러다 손님하고 소통을 하면 이 고단함이 조금 나아지지 않을까 싶어 작은 노트를 준비하게 되었지요. 며칠을 갖고만 있다가 한 손님에게 조심스레 이야기를 하니, 좋은 생각이라며 응원해주시더군요. 용기 내어 그 손님께 노트 제목을 부탁 드리니 〈길 위에서 쓰는 편지〉라는 멋진 이름을 지어주셨습니다. 나중에야 안 것이지만 그분이 바로 〈당신의 이름을 지어다가 며칠은 먹었다〉를 쓴 박준 시인이었습니다. 지금 보아도 멋진 제목입니다. 이 자리를 빌려 박준 시인께 감사 인사를 드립니다.

〈길 위에서 쓰는 편지〉를 손님들께 드리면 처음에는 이게 뭐지 의아하게 느끼시다가도 평소 고민이나 바람들을 일기처럼 써달라 하니 쉽게 이해하셨습니다.

어느덧 노트는 3권이 완성되었고, 일기장에 쓰인 다른 분들의 이야기를 보신 손님들은 사람 사는 거 다 똑같다며 더 열심히 정성 들여 써주십니다. 쓰고 나면 한결같이 후련하고 기분이 좋아진다 하시고, 간혹 우시는 분들도 많아졌네요.

손님들이 웃는 모습은 저에게도 큰 힘이 됩니다. 책이 나오면 더 많은 분들이 웃으실 수 있겠지요?

다들 행복한 일들만 가득하시길. 감사합니다.

To.
_____

"
_____

_____

_____

_____

_____

_____

_____

_____

_____

_____

_____

_____

_____

가을로 가는 경로를 재탐색합니다.

"

From.

길 위에서 쓰는 편지

1판 1쇄 발행 2020년 08월 26일
1판 4쇄 발행 2022년 06월 03일

지은이 길 위에서 만난 승객들
엮은이 명업식
펴낸이 김영곤 펴낸곳 (주)북이십일 아르테

책임편집 최은아 콘텐츠개발본부 콘텐츠개발팀 장인서 최은아
출판마케팅영업본부 본부장 민안기
마케팅2팀 나은경 정유진 박보미 백다희
디자인 vergum
출판영업팀 이광호 최명열 제작팀 이영민 권경민

출판등록 2000년 5월 6일 제406-2003-061호
주소 (우 10881) 경기도 파주시 회동길 201(문발동)
대표전화 031-955-2100 팩스 031-955-2151 이메일 book21@book21.co.kr

ISBN 978-89-509-8991-0 (03810)
아르테는 (주)북이십일의 문학 브랜드입니다.

(주)북이십일 경계를 허무는 콘텐츠 리더
21세기 북스 채널에서 도서 정보와 다양한 영상자료, 이벤트를 만나세요!
네이버오디오클립 / 팟캐스트[클래식클라우드] 김태훈의 책보다 여행
페이스북 facebook.com/21arte   홈페이지 arte.book21.com
인스타그램 instagram.com/21_arte   포스트 post.naver.com/staubin